KB253166

순진해도 벌받는다

순진해도 벌받는다

유태영 에세이

북치는마을

차 례

1   꽃을 떨어버릴 테다······ 11

섬진강의 매화······ 17

덩굴장미의 슬픔······ 24

유혹하는 여름······ 29

옛날 여름구름······ 35

2   하모니카 불던 그 사람······ 43

정직하면 벌받는다······ 51

머리 없는 입상······ 60

정이라는 것······ 68

인간 역학 관계······ 76

25년 만의 햇빛······ 81

패자의 미학······ 90

독야청청 포플러······ 96

역린(逆鱗)······ 101

무서운 사람······ 106

요즘 나의 애송시 두 편······ 122

인덕, 인복······ 130

순진해도 벌받는다······ 137

목숨을 건 호기심······ 143

지족 선사 뒤집기······ 150

낙타의 눈물······ 155

비둘기(1)······ 160

비둘기(2)······ 168

돌무더기 신앙······ 176

③ 한국의 어머니······ 185

내 복에 무슨 난리?······ 193

어머니와 국어······ 199

서음(書淫)······ 204

잃어버린 제자······ 212

단군왕검 이야기······ 218

④ 춘원의 어머니······ 227

채만식과 '정의'······ 235

김유정의 눈물겨운 첫사랑······ 241

⑤ 만우 선생님······ 265

문예 창작, 그 험로를 넘어······ 271

작가의 말······ 282

$\boxed{1}$

어서 너는 오너라

― 박두진

꽃을 떨어버릴 테다

며칠 전이다.

퇴직한 후 곧바로 귀향한 전 동료 한 분이 찾아왔다.

차를 나누면서 그분한테 들은 재미있는 이야기가 있어 여기 소개할까 한다.

그의 고향은 사방이 산으로 둘러싸여 그야말로 앞산과 뒷산에 사다리를 걸쳐놓아도 될 듯한, 하늘만 빠히 뚫린 산골 마을이었다.

그곳 봄소식은 듣기만 해도 황홀한 것이었다. 개나리와 진달래가 한바탕 북새를 놓고 간 자리에 매화가 자지러지고, 뒤를 이어 벚꽃이 팔을 걷어붙이고, 수선화가 얼굴 단장을 하고, 철쭉이 꽃망울 준비에 발싸심하고……. 그렇게 꽃 바라지에 부지런했던 탓인지, 소식을 전하는 그분은 이미 온몸이 향기에 절어 있고, 목소리는 금방 터뜨릴 꽃망울처럼 싱싱했다.

그러나 봄소식의 절정은 아무래도 다음 이야기에 있지 않나 싶다.

그날 아침 이웃에 사는 한 분이 뜬금없이 그에게 했다는 말.

"마누라한테 전화했어요……."

밑도 끝도 없는 소리였다. 마누라한테 전화를 하다니?

"……?"

그분은 걸음을 멈추고 휘둥그레진 눈으로 이웃을 바라보았다. 부부간의 전화는 밝힐 필요도 없는 가정사인데 아무리 이웃이라도 그렇지 그런 것까지 보고할 필요는 없지 않은가.

"전화를 하다니요?"

그분은 이렇게 반문하지 않을 수 없었다. 헌데 이어지는 이웃의 대답이 걸작이었다.

"오늘 중으로 꽃을 보러 오지 않으면 꽃을 모두 떨어버리겠다고……."

꽃을 모두 떨어버리겠다니, 이건 또 무슨 소리? 그러나 그 말뜻을 깨닫는 데에 그리 많은 시간이 걸리진 않았다. 시내에 사는 부인에게 꽃구경할 기회는 오늘 하루니 그리 알라는, 말하자면 엄포였던 것이다. 만일 오늘 안으로 구경 오지 않으면 꽃을 다 떨어버리겠다. 그렇게 알아라.

전원생활을 시작한 것으로는 이웃이 선배였는데 그는 부인까지 대동하고 귀향하지는 못했다. 부부 일심동체가 되지 못하고 홀로 귀향하여 홀아비 아닌 홀아비 생활을 하고 있는, 말하자면 불우한(?) 전원생활을 하는 처지였다.

그러나 이웃 분은 그것을 조금도 마음에 두지 않았다. 혼자 끼니를 해결하고 꽃을 가꾸고 나무 가꾸는 것을 낙으로 삼았다. 일 년 내내 부인이 오건 말건 그야말로 오불관언吾不關焉의 자세로 혼자만의 생활을 누렸다.

그런 그가 그날 아침 갑자기 강경책을 쓴 것이다. 오늘 중으로 이곳 산골로 오라고, 와서 꽃구경을 하라고, 만일 오지 않으면 꽃을 모조리 떨어버리겠다고……. 참으로 엉뚱하고 기발한 강경책이 아닐 수 없다.

그 심정을 미루어 보면 다음과 같은 것이 아니었을까 짐작된다.

그가 정말 꽃이 보기 싫어 심술을 부린 것은 아닐 것이다. 전원생활을 하기 위해 산골에 들어온 사람이 그런 고약한 심술을 부릴 까닭이 없는 것이다. 그러니까 그 말은 진심이 아니요 진심과는 반대로 말한, 방긋방긋 웃는 아기를 보고 보통은 '예쁘다'거나 '귀엽다'고 하는데 이를 '얄밉다' 혹은 '깨물어 주고 싶다'고 말하는 식의 정반대의 표현, 수사법에서 말하는 이른바 반어법이었다. 아름다운 꽃을 혼자 보기가 너무 아쉬워서, 지천으로 피어나는 꽃을 혼자 보는 것이 너무 아까워서, 아니 혼자 보고 있자니 너무 외로워서 나온 말하자면 귀여운 투정이요 어리광이었던 셈이다.

국어 시간에 배운 반어법이라는 지식을 동원하여 나온 말이 아니라 자기도 모르게 터져 나온 수사였다. 사람을 사로잡는 강한 힘은 그 자연발생적인 수사에 있었다.

이날 들은 봄소식 가운데 가히 화룡점정이었다. 그 재치 있는 역설에 놀라 한참을 웃었고, 그 기발한 반어에 감탄하여 또 한참을 웃었다. 얼마나 아름다운 풍광이었으면 그런 수사가 저절로 터져 나왔을까.

그 이웃의 마음은 아마도 다음 시인의 마음을 닮지 않았나 싶다.

복사꽃이 피었다고 일러라. 살구꽃도 피었다고 일러라.
너이 오래 정들이고 살다 간 집, 함부로 함부로 짓밟힌 울타리에
앵두꽃도 오얏꽃도 피었다고 일러라.

낮이면 벌떼와 나비가 날고, 밤이면 소쩍새가 울더라고 일러라.
　　　　　　　　　　　　　－ 박두진, 「어서 너는 오너라」 부분

　이 시의 전체에 흐르는 정신이 무엇이 되었든 이 부분만을 놓고 보면 그대로 꽃을 떨어버리겠다는 그분의 마음과 상통한다. 복사꽃, 살구꽃이 피고 앵두꽃, 오얏꽃도 피고, 나비와 벌이 날고, 밤이면 소쩍새가 우는 아름다운 고향을 버리고 떠난 이들에게 봄소식을 전하며 어서 고향으로 돌아오라는 시인의 마음과 꽃을 떨어버리겠다고 아내에게 전화한 그분의 마음은 너무도 닮아 있다.

　이 시가 실린 청록집이 1946년에 출간되었고 금년이 2006년이니, 청록집과 그분의 거리가 무려 60년, 더구나 그 60년의 시간 속에는 산업화라는 전대미문의 대변화가 있었다. 그런데도 인간의 심성은 조금도 변하지 않았다는 것이 놀랍고도 신기하다.

　실제로 그분이 그날 나무를 흔들어 꽃을 떨어버렸는지, 아니면 엄포에 기가 질려 부인이 꽃을 보러 왔는지는 모르겠다. 아무튼 아름다운 봄 풍경을 담아낸 절묘한 일화가 아닐 수 없었다.

　인간의 본능－하면 대개 식욕과 색정을 떠올리고, 그 중에서도 후자에 더 무게를 두는 경향이 있다. 그러나 그 못지않게 강렬한 것이 바로 기쁨을 함께 나누고 싶어 하는 본능인 것 같다. 슬픈 일은 숨기려 드는데 반해 기쁜 일, 좋은 일만은 혼자 소유하기가 버겁다.

기쁨을 함께 나누고자 하는 마음이 본능이라면, 더구나 그 것이 로또 당첨에서 오는 것과 같은 기쁨이 아니라 자연에서 비롯되는 기쁨이요, 그걸 함께 나누고 싶어 하는 것이라면 그 건 아름답고 순결한 본능임에 틀림없다. 한없이 아름답고 순결하고 고맙기까지 한 본능이다. 가난한 시절에도 봄철이면 이웃과 어울려 꽃놀이를 즐겼고, 조선 시대에는 음력 3월 3일을 삼짇날이라 하여, 답청놀이를 하면서 하루를 즐긴 것을 보더라도 이 본능이 얼마나 역사가 깊고 고귀한 것인가를 알 수 있다.

요즘 가만히 앉아 있으면 꽃들의 아우성으로 귀가 먹먹할 지경이다. 제발 나를 좀 봐 달라는 아우성이 사방에서 들려온다. 창 너머 멀리 분적산 산자락에 무더기무더기 핀 산 벚꽃의 아름다운 자태를 바라보고 있노라니, 꽃을 떨어버리겠다는 그분의 마음에 새삼 공감이 간다. 기쁨은 나누지 않으면 오히려 외로워지는 법……

진실로 4월은 잔인할 정도로 외로운 달이다.

섬진강의 매화

3월의 섬진강은 온통 매화꽃 세상이다.

구불구불 강기슭을 따라 달리다 보면 푸른 물줄기와 눈부신 백사장이 매화꽃과 함께 나타났다가는 숨고 숨었다가는 다시 나타나는 그 절경에 절로 감탄하지 않을 수가 없다.

어느 계절치고 아름답지 않은 섬진강이 있을까마는 특히 3월에는 강변 산자락마다 매화꽃이 그야말로 '구름처럼' 피어 있어 마침내 비명(?)을 지르게 만든다. 은은히 묻어나는 연두색 청매, 그 순한 에메랄드빛은 옥색 치마의 여인, 아니 천상의 날개옷이 있다면 저런 빛깔이 아닐까 싶게 아름답다. 그것은 확실히 백매와는 다른 청매만의 아름다움이다.

처음 섬진강 매화를 보았을 때 나는 자생 매화가 군락을 이룬 것이 아닌가 생각했다. 산자락마다 골짜기마다 구름처럼 피어난 매화이고 보니 그런 생각이 든 것도 무리는 아니었다. 나중에야 안 일이지만, 농사지을 변변한 들판 하나 없는 척박한 이곳에 산이나마 이용하여 호구지책으로 매화를 심기 시작한 것이 오늘날 섬진강 매화의 출발이었다고 한다. 논에 벼를 심고 밭에 보리를 심듯 이곳에서는 산에 매화나무를 심었던 것이다.

이런 내력을 지닌 매화라면 다소 상업주의로 변질된 이곳의 '매화 축제'를 반드시 비난할 일만은 아닌 것 같다. 일 년 농사를 지어 수확한 농산물을 판매하는 것처럼 매화 축제의 상업주의 또한 농사지은 것을 판매하는 일이나 다름없기 때문이다. 가난한 시절에는 별로 관심을 사지 못했던 매실이 건강식품으로 인기를 끌면서 이곳의 매화 농장들은 주목을 받기 시작했고, 그 인기에 편승해 꽃과 매실을 상품화했다면 상업주의라고 매도할 수만은 없을 것이다.

그 유래와 성격이 어찌 되었든 섬진강 주변의 매화는 강과 어울리고 산과 어울려 독특한 아름다움을 자아낸다. 매화만 있고 강이 없었다면, 아니 강이 있어도 들판의 매화였다면 지금의 선경은 이루지 못했을 것이다. 나주 벌판의 배꽃이 아름답다고 해도 거기에는 강이 없어 섬진강 기슭의 매화를 따라갈 수가 없다. 그저 하얀 배꽃이 숨이 막힐 정도로 끝없이 펼쳐져 있을 뿐이다.

그러나 섬진강변 산기슭과 산협을 가득 메운 매화꽃은 푸른 물줄기와 어울려 그대로 한 폭의 동양화, 선경이 된다. 3월의 섬진강 산기슭, 거기 서면 동양화의 한가운데 서 있는 듯한 느낌이 든다. '사직의 어지러운 소식'도 여기서는 아득히 먼 곳으로 비껴가고 오욕칠정에 오염된 마음도 매화 향기와 함께 사라진다. 누군가를 사랑하지 않은 것이 뼈아픈 후회가 된다고 어느 시인은 노래했다는데 산과 강과 매화가 어우러진 3월의 섬진강을 찾지 않은 사람도 평생 뼈아픈 후회를 할지 모른다. 그것은 누군가를 사랑하지 않은 후회보다도 더 큰 뼈아픈 후회일지도 모른다.

몇 해 전, 매화꽃을 완상하고 돌아온 다음 날이었다. 동행했던 동료에게 매화 향기에 대한 기억이 없다고 했더니 그분도 머리를 끄덕였다. 매화 하면 뒤를 이어 떠오르는 것이 향기인데 구름처럼 피어난 매화의 자태에만 심취한 탓인지 향기를 맡은 기억이 나질 않았다. 매화의 바다를 헤엄치고 와서 그 향을 맡은 기억이 없다니, 어이없는 일이라면 어이없는 일이었다. 우리는 그날 본 매화가 청매라서 그런 것이 아닌가 추측했는데 아무튼 속 시원한 답을 찾을 길이 없었다.

같은 종의 꽃이라도 흑장미보다는 백장미, 홍매보다는 백매의 향이 더 진하다고 한다. 빛깔이 옅을수록 향이 짙다는 것이다. 이 원리에 따른다면 청매가 백매의 향을 따르지 못할 것은 정한 이치, 그래서 매화 향을 놓친 것일까? 그러나 이것은 바람과 한낮의 인파를 고려하지 않은 잘못된 추측이었다.

지인 몇 사람과 다시 섬진강을 찾은 것은 작년이었다. 아름다운 보성 녹차 밭도 보고 세월을 잊은 낙안 읍성을 거닐며 탄성을 질러 보아도 매화꽃의 아름다움을 따를 수는 없었다. 우리는 그 길로 섬진강으로 차를 돌렸고 마침내 구름처럼 피어난 그 매화의 홍수 속으로 다시 들어섰다. 예전이나 다름없이 매화는 여전히 아름답고 신비로웠다.

예정 시간을 훨씬 넘기면서 산자락을 헤매다가 목을 축일 겸 주점에 들를 때까지만 해도 민박은 전혀 예정에 없었다. 그런데 딱 한 잔만 한다는 것이 그만 동동주 맛에 반하고 꽃에 반해 온몸을 취흥에 맡기는 신세가 되었고 그 바람에 예정에 없던 민박을 하고 말았다.

매화 향기를 발견한 것은 바로 그날 밤이었다.

그날 나는 쉽게 잠을 이룰 수가 없었다. 잠자리가 바뀌면 잠을 설치는 고약한 내 버릇 때문이었다. 모두 코를 골며 잠이 든 사이 나는 슬그머니 밖으로 나왔다. 나도 모르는 사이 발길은 인적이 끊긴 매화나무 아래로 향했다. 민박집 외등이 나무 밑을 밝히고 있어 그런 대로 걷는 데는 별다른 지장이 없었다.

저 아래 큰길은 아직도 불야성을 이루고 오가는 사람들로 붐비는 것과는 대조적으로 산자락은 아까와는 달리 인적이 끊겨 그야말로 적막강산이었다. 나는 한 나무 아래 서서 위를 올려다보았다.

희끄무레한 불빛 사이로 매화꽃들이 얼굴을 숙이고 있었다. 어둠을 배경으로 한 탓인지 가여운 얼굴 같기도 하고, 자다가 일어난 처녀처럼 수줍어 고개 숙인 얼굴 같기도 했다. 어찌 보면 장난스런 웃음기가 가득한 얼굴 같기도 하여 나는 가벼운 미소를 머금고 그 모습을 이윽히 바라보고 있었다.

바로 그때 나는 은은한 향기의 초대를 받았던 것이다. 마치 하늘에서 은실이 내려오듯 가늘게 내리던 그 향기. 아, 이것이 바로 매화 향, 우리 조상들이 그토록 찬탄해 마지않던 암향暗香이구나. 그러고 보니 나무 아래로 뻗은 오솔길 가득 매화 향이 진동하고 있는 것만 같았다.

나는 향기에 취해 제법 쌀쌀한 밤기운도 잊고 꽤 오랫동안 나무 아래를 서성이었다. 하늘에 휘영청 밝은 달이라도 떠 있었더라면……. 달빛과 매화 향기는 어딘지 궁합이 딱 맞는 조화를 이룬다. 그러나 불행하게도 그날 밤, 그 조화는 이루어지지 않았다. 그런데도 나는 달빛 아래 홀로 서 있는 듯한 착각에 빠져 있었다. 그것도 잠시잠깐이 아니라 오랫동안. 불빛 때문이었는지 아니면 매화 향에 취한 탓이었는지…….

이날 정경은 지금도 가끔 나를 혼란에 빠뜨린다. 유유히 흐르는 섬진강과 달빛에 젖은 눈부신 백사장, 그것을 바라보며 매화 향에 취해 있는 내 모습이 하나가 되어 떠오르기 때문이다. 그날 밤의 정경은 이렇게 왜곡된 채 나의 뇌리 깊숙이 자리 잡고 있다.

매화의 매력? 눈 속에 피는 꽃이라서 선비의 지조에 비유하기도하고 매화꽃 자체의 아름다움을 예찬하기도 한다. 그러나 그날 이후 나는 매화의 매력은 역시 암향에 있다고 믿고 있다. 텅 빈 시간에 홀로 향기를 내뿜는 매화. 그것은 마치 오른손이 한 선행을 왼손이 모르는 고매한 인격자의 기품처럼 아름답고 거룩한 것이었다.

　3월의 섬진강 주변은 온통 매화꽃 세상이다.
　사직의 어지러운 소식을 잊고 싶을 때, 오욕칠정으로 오염된 심신을 잠시나마 깨끗이 비우고 싶을 때, 나는 3월의 섬진강과 매화꽃과 그 향기를 생각한다.

덩굴장미의 슬픔

금년에도 어김없이 봄은 왔다가 덧없이 가고 5월이 다가오고 있다.

아직 여름이라고 하기에는 이른, 그렇다고 봄도 아닌 5월이 되면 나는 봄철에는 누릴 수 없고 오직 5월에만 누릴 수 있는 또 하나의 꽃 세상, 덩굴장미의 아름다움에 폭 빠져든다.

5월인가 싶으면 벌써 담장마다 그 요염한 자태를 뽐내는 꽃이 바로 덩굴장미다. 덩굴장미는 요염이나 농염이라는 단어 이외에 다른 적당한 다른 표현이 어디 있을까 싶을 정도로 무르익은 아름다움을 자랑한다.

나는 덩굴장미가 피는 이 계절을 사랑한다. 5월을 가리켜 계절의 여왕이니 신록의 계절이니 하고 부르는 것도 덩굴장미가 있을 때 비로소 그 의미가 완성된다. 덩굴장미가 없으면 계절의 여왕, 신록의 계절 5월은 5% 부족한 계절의 여왕, 신록의 계절이 되지 않았을까?

덩굴장미가 피기 시작하는 5월이 되면 나는 가슴이 두근거린다. 봄을 떠나보낸 아쉬운 마음, 허전한 마음을 채워 주고 위로해 주고, 나아가서 더할 수 없는 강렬한 에너지로 나를 사로잡는 덩굴장미가 숨을 막히게 한다. 세상에 이런 꽃도 있었구나! 이것은 덩굴장미를 볼 때마다 가슴속에서 화산처럼 터져 나오는 감탄이다.

덩굴장미의 매력은 단순하면서도 무모하리 만큼 도전적인 그 빛깔에 있다. 검붉은 빛깔은 애초에 다른 색깔과 타협을 거부한다. 다른 어떤 빛깔과도 협상하지 않고 오로지 검붉은 빛 하나만을 고수하겠다는 고집불통의 빛깔, 그것이 덩굴장미의 얼굴빛이다.

흰빛이나 분홍빛이라면 얼마든지 변신을 꿈꿀 수 있다. 흰빛에는 다른 색깔을 덧입힐 수 있으니 말할 것 없고, 분홍빛도 그보다 더 진한 다른 색깔을 덧입히면 전혀 다른 빛깔로 변신할 수 있다. 내가 변신의 여지를 애초에 차단해 버린 검붉은 덩굴장미를 사랑하는 이유가 여기에 있다. 단순함, 우직함으로 치면 덩굴장미를 따를 꽃이 없다. 나는 덩굴장미의 그 단순함과 우직함을 좋아한다.

이런 덩굴장미를 나는 '단지 덩굴장미 하나로만 존재하는 꽃'이라고 말하고 싶다. 옴짝달싹할 수 없는 비좁은 공간, 도약이나 변신 같은 것은 꿈도 꾸어 볼 수 없는 천형의 벌을 서고 있는 꽃이 덩굴장미다. 할 말을 다해 지쳐 버린 사람처럼, 숨겨도 좋을 일까지 다 털어놓고 이제 상대방의 처분만을 기다리는 역전된 상황에서 애를 태우는 사람 같은, 저 깊은 심장까지 모두 드러내 놓고 이게 나의 모든 것이라고 더는 보여 줄 게 없다고 그러니 다른 것을 기대하지 말라고 울부짖는 사람 같은 꽃이 바로 덩굴장미다.

덩굴장미의 아름다움과 슬픔은 여기에 있다.

농염하면서도 요염한 여인 같은 자태가 덩굴장미의 아름다움이라면 모든 걸 다 드러내놓았다는 이 절규는 덩굴장미의 슬픔이다. 은근과 끈기를 거부하고, 아니 천성적으로 숨길 줄 모르는 데서 기인한 비극적인 절규. 현란한 의상과 춤사위로 무대를 사로잡은 무희가 무대 뒤에서 홀로 짓는 눈물 같은 꽃이 바로 덩굴장미다. 적당히 감출 줄 알고 적당히 드러낼

줄도 아는, 그래서 미움을 피하기도 하고 사랑을 쟁취하기도 하는 테크닉, 길가의 민들레 한 송이조차 그런 테크닉에 익숙해 있을 때 오로지 검붉은 색 하나, 낭자한 선혈 하나로 줄달음치는 덩굴장미는 테크닉을 포기해 버린 꽃이다. 그래서 슬픈 꽃이다.

덩굴장미가 피기 시작하면, 봄꽃들은 자취를 감추고, 바야흐로 산야와 정원은 신록으로 뒤덮인다. 눈 가는 곳 어디를 봐도 온통 초록의 물결이 넘실거린다.

덩굴장미는 그 사이로 달려온 꽃이다. 양옥집 벽돌담을 넘어 혹은 아파트 긴 담장을 넘어 신록 사이로 달려온 꽃이다. 호위병처럼 둘러선 신록을 뚫고 달려와 숨을 헐떡이는 꽃이다. 아무도 덩굴장미를 보자고 나들이하는 사람도 가까이 다가오는 사람도 없는데 혼자 뜨거운 가슴을 드러내놓고 웃다가는 무서워서 떨고 있는 꽃이다. 목숨을 걸고 한 번만 보아달라고 매달리는 꽃이다. 매화처럼 환호하는 사람도 거느리지 못한 외로운 꽃, 위로를 줄 망정 위로는 조금도 받지 못하는 꽃이다. 이리하여 덩굴장미의 아름다움은 치열한 아름다움이요 벌거벗은 아름다움이며 서글픈 아름다움이다.

덩굴장미를 바라보고 있노라면 문득 외로움을 느끼는 것

도 이 때문이다. 잡초 사이에서 피는 조용한 풀꽃으로 남는 것을 거부하고 자신의 존재를 남김없이 드러내는 데서 오는 외로움, 이미 사람들은 꽃을 떠나 신록에 도취되어 있는데 나를 보아 달라고 외마디 소리를 지르는 그 외로움, 절대 고독……. 낭자한 검붉은 피는 그것을 웅변으로 증명해 주고 있다.

마침내 5월이다.

봄꽃들이 물러난 자리는 바야흐로 신록의 세상이다. 하늘 땅 어디를 봐도 온통 초록의 물결이 넘실거린다. 덩굴장미는 수많은 봄꽃이 자태를 자랑할 때 그늘에 숨어 있다가 봄꽃이 떠난 자리를 비집고 들어와 우리를 위로하고는, 양옥집 벽돌 담 너머 혹은 아파트 긴 담장 너머에서 누구의 조시弔詩도 없이 홀로 숨을 거두는 슬픈 꽃이다.

유혹하는 여름

바야흐로 다시 여름이다.

찌는 듯한 폭염, 검푸른 녹색으로 우거진 숲과 들. 그리고 개구리참외와 파랗게 칠한 나무통을 걸머진 아이스케이크 장사, 미역 감기……. 여름 하면 떠오르는 내 추억의 창고 안에 저장된 품목들이다. 숨 막히는 더위와 싸우고 있을 때 한 줄기 시원한 소나기가 지나간 다음, 길에서 숫아오르던 흙냄새의 향기로움, 이것도 빼놓을 수 없는 갈무리 품목이다.

나는 원래 여름을 그다지 좋아하지 않았다. 어느 계절이 좋으냐는 질문을 받으면 서슴지 않고 '가을'이라고 대답했다.

그런데 근래에 와서는 가을보다는 여름이 좋다. 이제 누가 그런 질문을 또 하면 여름으로 바꾸어 대답할 작정을 하고 있다. 어느 계절이 좋으냐고 묻는 사람도 이제는 없지만.

내가 여름을 싫어한 데에 특별한 이유가 있었던 것은 아니다. 여름이면 누구나 겪는 그 무더위와 뙤약볕에서 하는 일이 싫었기 때문이다. 산업화와 도시화 이전, 농촌에서 살았던 사람이면 누구나 기억하고 있는 그 고통은 겪어본 사람만이 아는 고통이다. 숨이 막히다 못해 금방이라도 멎어 버릴 듯한 그 폭서는 가히 살인적이었다.

한여름 들판에서 일을 하다 보면 웬만한 사람은 곧 지쳐 버린다. 사지에 힘이 빠져 금방 고꾸라질 듯 숨이 막힌다. 이렇게 지쳐 갈 때 처서가 지나면서 아침저녁 소슬바람이 불기 시작하면 얼마나 뛸 듯이 기뻤던지.

지금 생각하면 그 시절의 여름은 정말이지 무섭도록 더웠다. 지금처럼 냉방시설은 그만 두고 선풍기 하나 구경하기 힘들었던 시대라 더 덥게 느껴진 결과일 것이다. 아무튼 무덥기 짝이 없는 여름이었다.

당시 서민들의 척서법滌暑法은 고작 부채질 아니면 등목이나 미역 감기였다. 그러나 부채질은 기껏 5분을 버티지 못했다. 어쩌다 선풍기를 보면 그렇게 부러울 수가 없었다. 선풍기 바람을 쐬면서 마음껏 낮잠을 자 보는 것, 그 시절 여름을 보낸 사람이면 누구나 바라는 꿈이 아니었을까?

그런 여름이긴 했어도 지금과 달랐던 것은 그 무더위가 완전한 무공해 더위였다는 점이다. 더위면 더위지 무공해 더위는 또 뭐냐고 할지 모르겠다. 그러나 그건 확실히 무공해 더위였다. 청량하기 짝이 없는 더위, 상쾌한 더위였다.

하늘은 언제나 파란 하늘이었다. 요즘과는 비교할 수 없을 정도로 맑고 투명한 에메랄드 빛 하늘을 당시 사람들은 사시사철 머리에 이고 살았다. 그렇다고 그냥 파랗기만 한 밋밋한 하늘은 아니었다. 기이한 봉우리, 기봉奇峰이라는 말 그대로 거대한 산봉우리 같은 뭉게구름이 동물이나 사람, 나무 등으로 변신을 거듭하는 재미있는 하늘이었다.

환경이 이렇다 보니 미세 먼지가 어떻고 오존 농도가 어떻고 이산화탄소가 어떻고……. 이런 것은 애초에 따질 일이 못 되었다. 청량한 대기 속에서 흐르는 땀이었고 무더위였기 때문에 그 더위는 그다지 불쾌한 더위가 아니었다. 일 년 내내 안개인지 스모그인지 분간이 가지 않는 정체불명의 희뿌연 대기 속에서 겪는 더위와는 비교가 되지 않을 정도로 상큼한 더위였다.

이것은 자동차가 흔치 않고 공기도 물도 맑기만 하던 시대를 산 사람만이 누릴 수 있는 호사라면 호사였다.

길을 걷다가 목이 마르면 길 아래 흐르는 냇가로 내려가 모래를 조금 헤치고 손바닥을 오그려 물을 떠올려 마셔도 아무런 탈이 없을 만큼 맑기만 한 물. 아득히 먼 산은 언제나 손에 잡힐 듯 가깝게 보였다. 이마에 닿을 듯 앞산이 가까워졌다거나 하늘이 높고 말이 살찐다는 천고마비天高馬肥는 가을에만 해당되는 말이 아니었다. 노상 가깝게 보이는 산이요 언제나 높기만 한 하늘인데 유독 가을에만 그런 너스레를 떨 이유가 없었던 것이다.

옛날의 그 무공해 여름을 따를 수 없는 요즘 여름이지만 그래도 나는 여름을 사랑한다. 반세기를 거슬러 선풍기 하나 제대로 갖추지 못한 그 시대로 돌아가 어느 계절이 좋으냐는 질문을 받는다 해도 이제는 서슴지 않고 여름이라고 대답할 것이다. 옛날에는 미처 알아채지 못했던 넘치는 에너지와 생명력으로 들끓는 여름을 나이가 들고 나서야 비로소 깨달았기 때문이다. 그 넘치는 에너지와 생명력을 한없이 사랑하기 때문이다.

치열한 생명력, 용솟음치는 에너지는 여름에만 느낄 수 있다. 흔히 생명이 약동하는 봄이라고 말한다. 그러나 산야에서 솟아나는 새싹을 보면서 넘치는 생명력을 실감하기는 어렵다. 넘치는 생명으로 나아갈 가능성을 보여줄 뿐 아직은 미미하고 보잘 것이 없다. 그러나 여름은 생명의 한가운데서 불꽃처럼 에너지를 발산한다. 숨이 막힐 정도로 강력한 에너지가 분출되고 이때 나는 여름을 실감하고 그러한 여름이 한없이 좋은 것이다.

이러한 여름을 나는 '벌거벗은 생명'이라는 말로 표현하고 싶다.

여름은 아무 것도 숨기려 들지 않는다. 5월의 연두색 이파리는 심녹색을 넘어 암녹색으로 바뀌는데 이것은 생명의 구현 단계가 그 절정에 이르렀음을 말해 준다. 걸음마 단계의 연두색이 6월 무렵이면 심녹색으로, 이것이 7, 8월 한여름에는 암녹색으로 바뀌어 온통 산야를 뒤덮어 생명의 한 정점을 수놓는다.

사람들도 여름의 생명력과 걸음을 함께 한다. 고속도로는 기나긴 피서 차량으로 장사진을 이루고 뉴스 시간마다 강릉까지 몇 시간이 소요되고 부산까지 몇 시간이 걸린다고 다투어 보도한다. 바닷가에는 바나나보트를 즐기는 젊은이들과 비키니 차림의 아가씨들이 넘쳐난다.

어디 고속도로와 바닷가뿐인가. 거리를 활보하는 미니스커트의 아가씨를 보면서 눈의 호사를 마음껏 누리는 것도 여름에만 가능한 일이다.

이 모든 것은 생명을 있는 그대로 드러내는 벌거벗음이다. 여름에만 느낄 수 있는 이 약동하는 생명은 한없이 아름답고 소중한 것이다. 무덥다는 이유 하나로 서늘한 가을을 부러워할 일이 아니다. 충만한 생명의 시간 앞에 옷깃을 여며 감사하고 생명의 송가를 부를 일이다.

민태원의 「청춘 예찬」은 '청춘! 이는 듣기만 해도 가슴이 설레는 말이다.' 이렇게 시작하고 있다. 이를 '여름! 이는 듣기만 해도 가슴이 설레는 말이다.' 이렇게 고쳐 읽는다고 해서 그다지 틀린 말은 아닐 것이다. 청춘은 인생의 여름이요 청춘의 패기는 여름의 활력과 같기 때문이다. 여름의 활력은 그대로 청춘의 생명력이다.

나는 금년에도 생명력으로 충만한 여름을 사랑하고 즐기고자 한다. 가을이 오기 전에 이 계절이 주는 축복을 누리고자 한다.

옛날 여름구름

얼마 전, 한 지인과 함께 고속도로를 주행한 일이 있다.

묵묵히 조수석에 앉아 있던 그분이 갑자기 소리쳤다.

"저기, 옛날 여름구름!"

가리키는 곳을 보니 과연 거대한 '옛날 여름구름'이 산봉우리 위로 솟아 있었다. 마치 솜뭉치를 쌓아 놓은 것처럼—아니, 하얀 아이스크림 같은 거대한 구름 덩어리가 햇빛을 받아 눈부신 속살을 드러내고 있었다. 요즘에는 흔히 보기 어려운 그분 말마따나 옛날 여름구름이었다. 도연명의 하운다기봉夏雲多奇峰하던 그 기봉, 기이한 봉우리 같은 구름, 뭉게구름이었다.

전형적인 여름구름은 아마도 뭉게구름일 것이다. 다른 계절에 뭉게구름을 보기는 그리 쉽지 않기 때문이다.

그리고 그 모양은 대개 거대한 삼각형을 이룬다. 지금 산봉우리 위로 솟아 있는 구름이 바로 그런 모양을 하고 있었다. 위쪽으로 올라가면서 좁아진 상부 오른쪽 부분이 특히 눈이 부시게 희었다. 이것 또한 여름구름의 특징이라면 특징일 것이다.

그렇다. 그것은 여름이면 흔히 볼 수 있었던 전형적인 뭉게구름이었다. 그러고 보니 얼마 만에 보는 뭉게구름인가.

공해로 찌든 대기 탓인지 요즘에는 여름철에도 뭉게구름 보기가 어렵다. 그렇다고 뭉게구름이 멸종되었을 리는 없을 터. 간혹 피어오르는 뭉게구름을 바쁜 도시 생활에 쫓기다 그만 놓치고 말았을 것이다.

이래저래 뭉게구름이 시야에 들어오긴 여간 어려운 것이 아니다. '옛날 여름구름'이라는 말이 조금도 이상하게 들리지 않을 정도로 뭉게구름은 희귀종이 되었다. 얼마나 오랜만이면, 그리고 얼마나 반가웠으면 지인의 입에서 '옛날 여름구름'이라는 말이 저절로 튀어나왔을까.

요즘 도시인들은 여름 하늘을 수놓는 아름다운 뭉게구름을 잊고 산다. 그러나 산업화가 되기 전, 농촌은 물론 도시 사람들도 대부분 아름다운 뭉게구름을 바라보며 여름 한철을 보냈다.

나도 고향에서 그런 세월을 보내던 시절이 있었다.

평상 끝에 앉아 바라보는 동쪽 하늘의 뭉게구름은 시리다 못해 스르르 눈이 감길 정도로 희디 흰 색이었다. 그 하얀 뭉게구름을 바라보고 있으면 온갖 시름이 사라진다. 그저 멍하니 바라보는 무아지경의 황홀함은 시간을 잊게 한다. 붙박인 듯 움직일 줄 모르던 구름이 어느 순간 다른 모양으로 바뀌어 있을 때의 그 서운함도 그 시간에만 누릴 수 있는 호사였다.

뭉게구름은 내가 한눈을 판 사이에 모양을 바꾸었다. 싸리 울타리를 따라 만발한 빨간 접시꽃, 흰 접시꽃에 잠시 눈을 주거나 거기 날아든 나비를 좇고 있을 때 뭉게구름은 변신을 한다. 입이 사라지고 눈이 비뚤어지고 수염이 흩날리고, 곰은 바위로 바뀌고, 사람은 나무로 바뀌고……. 그때의 달콤한 허전함은 잊을 수 없는 추억이다.

우리 집은 동향이었고 옆집은 남향이었다. 옆집은 여름에는 시원하고 겨울에는 따뜻하여 동네 아이들이 그 집 마당에 모여 놀았다. 내가 옆집에 자주 놀러간 것도 그 때문이었다.

그 집 뒤꼍에는 오래된 대나무 평상 하나가 있었는데 거기 앉아 있으면 그렇게 시원할 수가 없었다. 여름 한철 나의 피서지는 그 집 평상이었다. 거기서 나는 또 두 가지 재미를 더 누렸는데 싸리 울타리를 따라 만발한 접시꽃을 바라보는 재미가 그 하나이고, 오른쪽 칠보산 위로 피어오른 뭉게구름을 바라보는 재미가 또 하나였다.

그건 우리 집에서는 누릴 수 없는 호사였다.

언제나 따뜻하게 맞아 주시던 할머니도 나는 잊을 수가 없다. 여름이면 생각나는 뭉게구름의 추억과 더불어 지금도 잊을 수 없는 분이 바로 옆집 할머니다.

잊을 수 없는 추억이 된 뭉게구름과 이웃집 할머니.

헤세는 「흰 구름」이라는 시에서 나그네의 슬픔과 기쁨을 맛본 사람이 아니고서는 흰 구름의 마음을 알지 못한다고 노래했다. 당시 나는 흰 구름의 마음은커녕 할머니의 마음도 헤아리지 못했으니 헤세의 경지는 어림없는 미지의 세계일뿐이었다.

나그네의 기쁜 마음, 슬픈 마음이 어떤 것인지를 헤아리기보다 나는 단순히 뭉게구름 자체를 바라보는 것이 좋았다. 눈이 부시게 하얀 빛깔이 좋았고 솜사탕 같은 그 모양이 좋았다. 유행가 가사의 한 구절처럼 '…… 뭉게구름 쳐다보며 한 시절 보냈다오' 하는 정도의 수준이었다고나 할까.

"저기, 옛날 여름구름!"
그분의 외침은 구름을 그저 바라보기만 해도 좋았던 시절, 오랫동안 잠자고 있던 나의 추억을 일깨워 주었다. 그리고 마음속 깊은 곳에 잠자고 있는 내 동심을 일깨워 주었다.
뭉게구름을 바라보며 미래를 설계하던 시절, 산정에 올라 피어오른 거대한 뭉게구름을 바라보며 친구와 함께 '바위고개'를 합창하던 그 시절이 뭉게구름과 함께 떠올라 나를 뿌듯하게 하고 잃었던 보물을 찾은 듯 흐뭇한 마음을 선사해 주었다. 동승한 지인도 나와 비슷한 상념에 잠긴 듯 묵묵히 하늘만 바라보고 있었다.
세상이 바뀌고 기후도 바뀌고……. 요즘에는 정말 뭉게구름을 보는 것도 어려워졌다. '옛날 여름구름'이라는 말이 자연스럽게 흘러나올 만큼 달라진 기후는 지구 온난화 현상의 결과인 것 같아 농경시대가 그립고 산업화가 원망스럽기조차 하다.
다시 헤세의 시를 읽으면서 옛날 여름구름을 생각한다. 아니, 추억의 시간 속으로 후퇴한다.

오 바라보게. 흰 구름은 다시
잊어버린 아름다운 노래
그 희미한 멜로디처럼
푸른 하늘 저편으로 흘러가네.

오랜 방랑 끝에
나그네의 슬픔과 기쁨을
흠뻑 맛본 사람이 아니고는
저 구름의 마음을 알지 못하리.

나는 태양과 바다와 바람과 같은
하얀 것, 정처 없는 것을 사랑하나니
이것들은 고향 떠난 나그네의
자매요 천사라서 그렇다네.
— 헤세, 「흰 구름」 전문

$\boxed{2}$

모든 인간은 어두운 숲이다
— W.S. 모옴

하모니카 불던 그 사람

지하철에서 시각장애자 걸인을 만나는 때가 가끔 있다. 안내자를 동반하는 경우도 있지만 대개는 지팡이만 의지하고 승객 사이를 헤엄치듯 누비고 다니며 구걸한다.

장애인치고 어느 한 사람 가엾지 않은 사람이 있으랴만 특히 시각 장애를 가진 사람은 나이의 많고 적음을 떠나 보는 이로 하여금 측은한 마음을 갖게 한다. 적어도 '일찍이 조실부모' 어쩌고 일장 연설을 늘어놓거나(요즘은 그런 걸인은 거의 찾아볼 수 없게 되었지만), 슬픈 사연을 적은 손바닥만 한 호소문을 강제로 나누어주고는 손을 내미는 걸인보다는 훨씬 가엾

다는 생각이 든다. 걸인에게 동정을 베풀지 말라는 안내 방송
에도 불구하고 동정심이 앞서는 것은, 얼른 생각해도 시각 장
애를 가진 사람이 적당한 생계 수단을 갖기란 여간 어려운 일
이 아닐 거라는 연민의 정 때문일 것이다.

　오래전 일이다.
　그때가 늦가을, 아니 초겨울쯤이었다고 기억된다. 제법 쌀
쌀한 날, 내가 겪었던 그 일도 시각장애자에 대한 연민의 정
에서 비롯한 해프닝이라고 할 수 있지 않을까 싶다.
　몇몇 동료들과 늦게까지 술자리에 어울렸다가 지하철을
탄 것이 사건의 발단이었다. 거의 자정이 가까운 시간인 데다
날씨도 꽤 쌀쌀해 지하철 안은 별로 붐비지 않았다. 나는 곧
바로 자리를 잡을 수 있었고, 느긋이 지하철 안의 풍경을 감
상할 여유도 있었다. 적어도 두어 정거장을 지날 때까지는 그
랬다.
　그런데 그것이 그리 오래 가지는 못했다. 자리 아래서 후
끈 솟아오르는 난방열기 탓이었는지 소주와 맥주 몇 잔을 마
신 요량으로는 터무니없는 주기가 돌면서 걷잡을 수 없는 졸
음이 밀려왔다. 버스나 지하철 안에서 입을 벌리고 숙면(?)을
즐기고 있는 사람들의 무신경을 부러워하면서도 한편으론

꼴불견이라고 생각한 나였는데 그날 내가 그 당사자가 되고 말았다. 밀려오는 졸음을 이겨낼 재간이 없었던 것이다. 알맞게 흔들리는 차체의 진동은 그야말로 치솟는 불길에 기름을 끼얹는 격이었다. 나는 한동안을 그렇게 비몽사몽간을 헤매고 있었다.

그때 어디선가 하모니카 소리가 들려왔다. 나는 실눈을 뜨고 소리 나는 쪽을 바라보았다. 예상했던 대로 시각 장애 걸인이 부는 하모니카였다. 앞 칸에서 이쪽 칸으로 막 건너온 그는 남의 도움을 받지 않고 지팡이 하나에 의지하고 있었다. 한 손의 흰 지팡이로는 바닥을 더듬고, 다른 한 손으로는 하모니카를 부는 중이었다.

나는 하모니카 소리만 듣게 되면 학창 시절로 돌아간다. 하모니카 하나를 갖는 것이 소원이었던 그 시절. 입 냄새와 침이 흠뻑 밴 친구의 하모니카를 빌려 당시 유행하던 노래를 정말 감질나게 연습하던 그 시절을 나는 잊을 수가 없다.

아련한 추억의 소리, 하모니카 소리는 그런데 놀랍게도 너무도 귀에 익은 당시 내가 연습했던 '비 내리는 호남선' 바로 그 곡이었다. 나는 하모니카 소리 하나로 벌써 옛날로 돌아가 있었다. 마치 내가 하모니카를 연주하기나 하는 것처럼 시각

장애자 걸인이 부는 하모니카의 리듬에 맞추어 발로는 보일 듯 말 듯 박자를 맞추고 있었다.

소리가 좀 더 가까워지자 나의 손은 거의 본능적으로 주머니 속으로 들어갔다. 동정심이 발동했다기보다는 잊었던 옛 추억을 되살려 준 그에게 고마움을 표하고 싶었다고나 할까.

그런데 이상한 일이었다. 저고리 안주머니 속으로 들어간 손에 잡히는 것이 없었다. 표를 사고 받은 거스름돈을 안주머니에 구겨 넣었는데……. 하모니카 소리는 이미 내 앞에 와 있었다. 이제 더 이상 주머니를 뒤적거리고 있을 수만은 없었다.

그는 이쪽의 낌새를 눈치 챘는지 속도를 늦추고는 계속 머뭇거리며 동정의 손길을 기다렸다. 사람들의 시선이 걸인과 나에게 집중되고 있는 것만 같아 술기운도 졸음도 모두 달아나 버렸다. 지갑을 열고 만 원짜리 한 장을 선뜻 꺼내줄 만한 여유도 배짱도 없던 나는 정말 곤혹스럽기 짝이 없었다. 동정할 뜻이 전혀 없었다는 듯이 시치미를 떼고 원래의 모습으로 돌아가기엔 시간이 너무 많이 흘렀고(고작 2, 3초였지만), 그렇다고 잔돈이 없으니 다음에 보자고 할 수도 없는 노릇이었다. 진퇴양난, 그야말로 진땀이 나는 순간이었다.

이제 어느 쪽이 되었든 태도를 분명히 하지 않으면 안 되었다. 단지 휴지를 찾기 위해 주머니를 뒤적거렸을 뿐이라는 듯 태연히 다시 눈을 감고 비몽사몽의 시간으로 빠져들든지, 아니면 지갑을 꺼내든지. 그때 어떤 마음으로 그런 행동을 취했는지 나는 지금도 장담할 수가 없다. 만 원권이라도 집히는 대로 주자는 속셈이었는지, 천 원짜리가 꼭 지갑에 들어있으리라는 확신이 있어 그랬는지.

아무튼 나는 지갑을 꺼냈고 가운데 배를 갈랐다. 그렇다. 배를 가르는 순간 천 원권 몇 장과 동전 몇 개가 눈에 들어왔다. 그때의 반가움이라니, 정말 눈물이 날 지경이었다. 나는 얼른 천 원 한 장을 집어 그의 바구니에 넣어 주었다.

하모니카를 불면서 유유히 사라지는 그의 뒷모습을 보고 있자니 저절로 한숨이 터져 나왔다. 만 원이냐, 천 원이냐가 판가름 나는 실로 아슬아슬한 순간을 잘 넘겼다는 안도의 한숨이었다. 나를 지켜보던 사람들도 아마 한숨을 내쉬었을 것이다. 지갑을 수습하여 주머니에 넣고 나서야 나는 비로소 아까 거스름돈을 받아 그것을 지갑 사이에 구겨 넣은 일이 생각났다.

불과 몇 초 사이에 일어난 일이건만 그 초조함과 지루함이란 당해 본 사람이 아니고는 상상할 수 없을 것이다. 그가 내 앞을 떠나 옆 칸으로 옮겨갔을 때는 졸음도 술기운도 천리 밖으로 달아나 버렸다. 하지만 나는 그 일이 아무렇지도 않은 일이라는 듯 가장하기 위해서라도 이전 자세로 돌아가야 했다. 나는 다시 팔짱을 끼고 눈을 감았다.

그러나 그것이 그날 저지른 두 번째 실수였음을 어찌 알았으랴. 도둑질을 하다 들킨 사람처럼 겸연쩍기도 하고 무안하기도 하여 처음 한동안은 신경이 곤두서 있었는데 그것도 잠시 나는 다시 몰려드는 수마에 손을 들어버렸던 것이다.

차체의 진동을 불과 4, 5초 감지하지 못했는데 갑자기 이상한 느낌이 들었다. 나는 눈을 떴다. 싸늘한 냉기와 고요함 그리고 어둠. 그것은 분명 집 안도, 달리는 열차 안도 아니었다. 순간 나는 내려야 할 역을 지나쳐 종점까지 왔음을 직감했다. 당황한 나는 벌떡 일어나 새어드는 플랫폼의 불빛을 따라 무작정 다음 칸으로 옮겨갔다.

그런데 두 칸인가를 건너갔을 때였다. 처음 그를 보았을 때 나는 내려야 할 역을 놓친 나와 같은 처지의 사람인 줄 알았다. 일순 반가운 생각이 들었다. 그런데 가까이 가면서 보니 그게 아니었다. 새어드는 불빛에 무언가를 열심히 비춰보고 있는 사람은 놀랍게도 나를 곤혹스럽게 만들었던 시각 장애자 걸인, 하모니카를 불던 바로 그 사람이었다.

내가 놀란 것처럼 그도 인기척에 놀란 모양이었다. 무릎 위에 놓인 몇 장의 지폐를 얼른 주머니 속에 쓸어 넣으며 나를 처다보았다. 그와 나의 눈이 마주쳤다. 분명 아까 그 시각장애 걸인이었다. 회색 잠바, 더부룩한 머리. 나는 그의 모습을 분명히 기억하고 있었다. 그도 나를 알아본 모양이었다. 멋쩍은 웃음을 지으며 한쪽 손이 뒤통수로 올라갔다.

아까 보았던 시각장애자 특유의 표정은 그 어디에도 없었다. 멀쩡한 정상인이었다. 희미한 불빛에 지폐 단위를 구별해 낼 만큼 시력이 좋은 사람이었다. 나는 못 볼 것을 본 사람처럼 서둘러 그의 앞을 지나쳐 버렸다.

믿을 수 없는 세상이라고는 하지만 정말 이럴 수가 있을까 싶어 이튿날 직장 동료들에게 이 이야기를 들려주었다. 그런데 더욱 놀라운 것은 그들이 이제야 그것을 알았느냐고 마치 핀잔이라도 하듯 한마디씩 던진 말이었다. 당시 TV 드라마 주인공의 대사로 유명해진 한 마디,

"민나도로보데스(모두가 도둑놈이다)."

정말 나만 그걸 모르고 있었단 말인가?

그러나 오랜 시간이 지난 지금도 나는 그날 본 가짜 시각장애자 걸인은 어쩌다 만난 한 사람일 뿐이라는 생각을 포기

하고 싶지가 않다. 그렇게 생각하지 않으면 이 세상은 너무
도 삭막해지고 숨조차 쉴 수 없는 황량한 벌판이 되고 말 테
니까.

정직하면 벌받는다

40대 중반쯤 되어 보이는 나이 지긋한 한 아주머니가 나를
찾아왔다.

그녀는 우리 과를 나온 어떤 졸업생의 소개로 나를 알았다
고 했다.

문학 소녀였던 그녀는 늦게나마 문학의 꿈을 이루고자 백
화점 문화 강좌에서 소설을 배웠고, 거기서 나름대로 상당한
인정도 받았음을 대화를 통해 알 수 있었다. 아이들 뒷바라지
와 살림에서 해방된 지금, 접었던 문학의 꿈을 다시 펴고 싶
었다고, 그래서 문학 공부를 시작했다고 아주머니는 소녀처

럼 수줍게 웃으며 말했다.

늦깎이 문학도는 신입생 가운데도 자주 있는 일이라 그건 그리 놀라운 일은 아니었다. 다만, 이 아주머니는 이미 4년제 정규 대학을 마쳤기 때문에 문예창작과에 입학하지 않고 문화 강좌를 통해 문학 공부를 하고 있다는 점이 다르다면 다른 것이었다.

그녀 신상에 대한 이야기를 대충 들은 나는, 특별히 나를 찾은 용건이 무엇이냐고 물었다. 내 물음에 그녀는 자신의 작품을 봐 줄 수 없겠느냐고, 문화 강좌에서 평은 들었지만, 꼭 선생님의 조언을 듣고 싶다는 말을(이것은 해마다 대거 신춘 문예 등단으로 문화면을 장식한 우리 과의 명성 덕이었다), 무슨 못할 말이나 하는 것처럼 얼굴을 붉히면서 말했다.

그 간절한 태도나 온순한 말씨, 예의 바른 몸가짐, 어디 하나 나무랄 데 없는 정숙한 중년 부인의 청이고 보니, 학생들 작품을 읽기도 벅찬데 당신 작품까지 읽고 평가해 줄 시간이 어디 있느냐고, 야박하게 거절할 수가 없어 가져온 작품이 있으면 놓고 가라고 말했다. 아주머니는 몹시 수줍어하면서 작품을 꺼내놓았다.

내가 달력을 보고 다시 들를 날짜를 정해 주자 아주머니는 고맙다는 말을 몇 번이고 되풀이하면서 연구실 문을 나섰다.

그녀가 돌아간 다음 나는 문학을 하겠다는 그 뜨거운 열정이 느껴져 기분이 매우 좋았다. 그러나 이런 경우 십중팔구 대단한 작품이 아닐 거라는 선입견이 드는 것도 사실이었다. 그러나 '이 아주머니만은 혹시나……' 하는 마음에서 하던 일을 제쳐놓고 원고지의 첫 장을 들추었다.

첫 문장과 그 첫 문장이 만들어낸 첫 문단을 나는 작품 전체를 평가하는 중요한 잣대로 여기고 있다. 첫 문단의 실패는 대개 작품의 실패로 이어진다는 것을 나는 경험으로 알고 있었기 때문이다. 그런데 아주머니가 놓고 간 작품은 첫 문단부터 보통 솜씨가 아니라는 게 느껴졌다. 주어와 서술어가 정확히 맞아떨어진 것은 물론 소설 문장으로도 손색이 없었다. 이 정도 실력이면 소설가로서 성장할 충분한 기본 자질은 갖추었다는 판단이 섰다.

그래서 그랬을까, 나는 내친 김에 마지막까지 읽어 버렸다.

어렸을 적 친구의 익사를 현장에서 목격한 '나'가 친구를 구해주지 못했다는 가책 때문에 성인이 되어서도 괴로워한다는 내용이었다. 거의 흠잡을 데 없는 수작이었다.

그러나 자세히 보니 몇 군데 미흡한 데가 있긴 있었다. 맞춤법이 틀린 곳이 서너 군데, 주술 관계가 맞지 않는 문장이 몇 곳, 적절하지 못한 어휘를 사용한 자리가 서너 곳, 그리고 지나치게 작위적인 스토리 전개 등이 결점으로 눈에 띄었다. 그러나 전체적으로는 훌륭한 작품이었다. 무엇보다 탄탄한 구성과 소설적인 안정된 문장, 치밀한 심리묘사가 마음에 들었다. 눈에 띄는 문제만 해결하면 신춘문예가 되었든 문예지가 되었든 최소한 예심은 통과하리라는 생각이 들었다.

아주머니를 다시 만나더라도 좋은 이야기를 충분히 해 줄 수 있을 것 같아 기분도 상쾌했다.

그녀와 약속한 날짜가 되었다. 나는 출근하자마자 다시 그 작품을 꺼내 읽어보았다. 처음 느꼈던 대로 역시 좋은 작품이었다. 눈에 거슬리는 몇 곳은 간단히 수정, 보완할 수 있는 곳이었다. 나는 기쁜 마음으로 그녀와 만나기로 한 오후 세 시를 기다리기로 했다.

3교시를 마치고 연구실로 들어오는데 전화기가 울렸다.

전화기 저쪽에서 울리는 목소리, 그건 뜻밖에도 아주머니의 목소리였다. 웬일이냐고, 이따 세 시에 오기로 했지 않느냐고 하자 그녀는 점심이나 같이 하고 싶어 일부러 일찍 왔다면서 점심 약속이 없으시면 교문 앞으로 나오시라고, 자기는 화단 앞에서 기다리겠노라고 했다.

마침 특별한 약속이 없기도 했고, 점심을 먹으면서 작품

이야기를 하는 것도 그리 나쁠 것 같지는 않아 나는 나가겠노라고 하고는 작품을 챙겨 들었다. 복도를 빠져나와 층계를 내려서면서 교문의 학교 탑 근처를 살펴보았다. 까만 고급 승용차 한 대가 서 있을 뿐 사람은 보이지 않았다.

내가 고개를 갸웃하며 마지막 층계를 내려서는데 운전석 문이 열리면서 여자가 나타났다. 국내 최고급 승용차에서 내린 여자는 분명 그 아주머니였다. 문학을 하겠다는 여자가 타고 온 차 치고는 너무 고급 승용차라는 생각이 들었다. 중형차라면 몰라도 대형의 고급 승용차라니……. 그러나 나는 이내 머리를 흔들었다. 문학하는 사람은 반드시 가난하라는 법은 없지 않느냐고.

나는 여자의 안내를 받아 뒷좌석에 앉았다. 갑자기 나의 신분이 두 배쯤 상승한 것 같아 홀린 것 같기도 하고, 황당하기도 하고……. 참으로 묘한 기분이 들었다.

나는 4교시 강의가 있으니 가까운 식당으로 가자고 했다. 여자는 몹시 아쉬운 듯 나중에 정말 좋은 곳으로 한 번 모시겠다는 말을 몇 번 되풀이했다.

우리가 도착한 곳은 쌈밥집이었다.

식사를 하는 동안 여자는 문화 강좌 동기가 열세 명인데 지금 다섯 명이 정기적으로 모임을 갖는다는 것, 그들은 모두 소설을 열심히 쓰고 있으며, 그들 또한 자기처럼 선생님의 가르침을 받고자 한다는 것, 한 달에 한두 번 선생님을 초청하고 싶다는 것 등을 소곤거리듯 조용히 말했다. 처음에 느꼈던 것처럼 다정다감한 여자, 요즘 보기 드문 기품 있는 여자였다.

식사가 거의 끝날 무렵, 나는 아주 가벼운 마음으로 봉투에서 작품을 꺼내었다.

작품을 꺼내 놓자 아주머니는 마치 초등학생이 담임선생님 앞으로 불려나간 것처럼 얌전히 몸을 도사렸다.

"작품이 아주 좋더군요."

나의 첫마디에 아주머니의 얼굴에 살짝 홍조가 떠올랐다.

"정말이에요?"

믿어지지 않는다는 듯 그러나 그럴 줄 알았다는 듯 엷은 미소도 번져나갔다.

나는 내가 느낀 대로 우선 좋은 점을 말해 주었다. 탄탄한 구성과 세련된 문장, 무엇보다 사물을 표현하는 소설적인 감각의 문체, 참신한 비유, 치밀한 심리묘사 등……. 여자는 계속되는 칭찬에 흐뭇한 미소를 감추지 못했다.

“그런데 몇 가지 문제는…….”

마침내 나는 화제를 바꾸어 결점을 지적할 수밖에 없는 순간에 이르렀다. 학생들을 지도할 때에도 이 부분이 가장 곤혹스럽다. 지적한 결점을 고맙게 받아들이기보다는 고학년일수록 변명하는 학생이 많기 때문이다. 그런데 지금 학생이 아닌 성인, 그것도 적지 않은 나이의 주부가 내 앞에 앉아 있다. 나의 충고를 어떻게 받아들일지 나 또한 사뭇 긴장이 되는 순간이었다.

하지만 나의 지적을 받아들이지 않거나 변명이나 늘어놓을 것이 뻔하다고 할지라도 그냥 넘어갈 수는 없는 순간이었다. 그건 내 도리가 아닐 뿐만 아니라 그녀가 애초에 나를 찾아온 목적에도 어긋나는 것이었다. 그녀를 위해서라도 나는 좀 더 치밀하게 지도하지 않으면 안 되었다. 그것이 그때 내 심정이었다. 문학을 하고 싶은 이 여자의 열정이라면 그 어떤 충고도 흔쾌히 받아들일 거라는 생각도 들어 나는 어느 정도 마음을 놓고 입을 열었다.

“그런데 몇 가지 문제는…….”
하는 내 말과 함께 여자의 얼굴에서 미소가 걷히고 긴장의 빛이 역력히 드러났다. 대부분 학생들이 그러는 것처럼 여자도 긴장이 되는 모양이었다. 대학 시절 나도 그런 체험을 한 적이 있으니 그 마음은 충분히 이해하고도 남았다.

나는 조심스럽게 문제점을 지적해 나갔다. 작품에 표시해 두었던 자리를 펼쳐 보여 주면서 이것이 어째서 잘못되었는지 혹은 어색한지를 설명해 주었다. 온통 설명에 열중하다 보니 그녀의 표정과 그 뒤에 숨은 마음은 미처 살필 겨를도 없었다.

아, 그때 단 한 번이라도 여자의 마음을 헤아려 보았더라면 설명을 중도에서 그만 두었을 것을……. 설명을 마쳤을 때 그녀의 얼굴은 이미 바위처럼 굳어 있었다.

식당을 나와 헤어질 때까지의 어색한 분위기를 나는 굳이 여기 적지 않으려고 한다. 다만 그날 이후 여자로부터 아무런 소식이 없었다는 것, 바위처럼 굳은 여자의 얼굴에 피어나던 어설픈 미소 한 가닥만 지금도 뇌리 깊숙이 각인되어 있다는 것만을 말해 두려 한다.

그녀의 소식을 이제는 들을 수 없고 다시는 나를 찾지도 않을 거라는 확신이 섰을 때 문득 이런 생각이 들었다.

– 정직해서 벌을 받은 것인가?

사실 정직하면 얻는 것보다는 잃는 것이 더 많다.

　토마스 하디의 장편소설 『더버빌가의 테스』의 여주인공 테스는 정직했기 때문에 일생을 비극으로 마무리했다. 첫날 밤 자신의 처녀성에 대한 비밀을 털어놓지 않았다면 테스는 비극의 주인공이 되지 않았을 것이다.

　'자발없는 귀신은 무랍도 못 얻어먹는다'는 속담도 있다. 너무 경솔하면 푸대접을 받고 마땅히 얻어먹을 것도 못 얻어먹는다는 뜻이다. 내가 저지른 경솔한 짓은 수없이 많다. 잘못된 것을 잘못되었다고 말해서 좋아할 사람이 없는데도 잘못되었다고 말한다. 어디 그뿐인가. 돈이 없으면 돈이 없다고 말해 버린다. 그런 나를 존경할 사람은 이 지구상에, 아니 이 우주에 존재하지 않는데도 그런 바보짓을 하고 만다. 존경하기는커녕 소원해지고 두고두고 밉상으로 남는 바보짓을 하고 만다. 그것은 문제가 많은 정직, 숨겨서 좋은 정직이요 자발없는 짓이다.
　여기서 나는 다시 나 자신에게 되묻는다.
　나는 자발없는 귀신이라서 무랍도 못 얻어먹은 것인가? 아니면 정직해서 벌을 받은 것인가?

머리 없는 입상

올림픽 공원에 가면 특이한 조형물 하나를 볼 수 있다.

처음에는 씩씩하게 걷는 청년상, 이어서 정수리부터 어깨와 가슴이 회색으로 변한 상, 그 다음에는 온 몸이 회색으로 변한 상, 마지막으로 머리와 어깨가 사라지고 가슴과 하체만 남아 있는 상. 이 네 개의 상은 서너 걸음 간격으로 나란히 서 있다.

눈길을 끄는 것은 마지막 입상이다. 머리가 없고 어깨도 없는데 여전히 손발을 저으며 걷고 있다. 머리와 어깨가 없는 인간이라면 걷기는커녕 서 있을 수도 없다. 그런데 머리 없는 입상은 손발을 저으며 걷고 있다. 마지막 입상 앞에서 걸음을 멈출 수밖에 없는 것은 이 때문이다.

작가가 여기에 숨겨놓은 진짜 의미는 무엇일까? 작가는 어떤 의미를 우리에게 전달하고자 했던 것일까? 머리가 없으면 서 있을 수조차 없다는 것은 어린 아이도 다 아는 사실인데.

레마르크의 소설 『서부전선 이상 없다』에는 이런 장면이 나온다.

배경은 제1차 세계대전, 독일군과 불란서군 사이에 치열한 전투가 벌어지고 있는 전장이다. 쏟아지는 포탄을 무릅쓰고 달려가던 병사 하나가 날아온 포탄을 맞고 머리가 날아가버린다. 올림픽 공원의 마지막 입상처럼 머리가 완전히 없어진 상황이 벌어진 것이다. 그런데 놀라운 것은 머리가 없어진 채로 병사는 몇 걸음 더 달려가다 쓰러진다.

두어 걸음일망정 머리가 없는 채 달려가다니, 지금도 나는 그때 받은 놀라움을 생생히 기억하고 있다.

머리가 없는데 달려갈 수 있을까? 정말 그게 가능한 일일까?

이 작품은 작가 레마르크의 체험을 소설화한 것으로 알려져 있다. 그렇다면 이 장면 또한 작가가 목격한 것을 그대로 기록한 것이 분명하다. 상상력에 의존하여 이런 장면을 만들어낼 수는 없기 때문이다.

머리 없는 입상을 보고 있노라니 다시금 그때 받은 충격과 의문이 떠올랐다. 하지만 내 실력으로는 풀 수 없는 의문이었다. 기껏 생각한 것이 관성의 법칙이었다. 순간적으로 머리가 날아갔기 때문에 지금까지 달려온 관성에 밀려 몇 걸음 더 내디뎠을 것이라는 관성의 법칙.

이 생각이 옳은지 그른지는 모른다. 실험할 수도 없는 일이니, 우리는 그저 레마르크가 묘사한 장면을 인정할 수밖에 없고 나의 해석을 존중할 수밖에 없다. 머리가 달아나면 제아무리 빠른 걸음으로 돌진하던 병사라도 그 자리에 고꾸라지고 만다는 반론은 수용할 여지가 없다. 과학적으로 보면 그것이 더 옳다고 하더라도 실험으로 증명할 수도 없으니 반론은 어디까지나 반론일 뿐인 것이다.

올림픽 공원의 머리 없는 입상은 레마르크의 소설과는 아무런 관련이 없다. 만일 레마르크의 작품에서 힌트를 얻어 이 작품을 제작했다면 작가는 틀림없이 총칼을 들고 돌진하는 군인상으로 시작했을 것이다. 그리고 작품 제목은 '전쟁의 비극' 정도가 되지 않았을까? 그런데 올림픽 공원에 세워진 네 개의 입상 앞에 붙은 제목은 '길'이다. '길'과 '전쟁의 비극'은 너무도 거리가 멀다.

여기서 나의 해석은 다음과 같이 비약한다.

길, 인생의 길, 인생의 노정. 씩씩했던 젊음이 차츰 노쇠해 가는 과정……. 이런 해석은 그럴 듯해 보인다.

그런데 마음에 걸리는 것이 하나 있다. 마지막이 왜 머리 없는 입상인가? 아무리 나이가 들어도 머리 없이 살 수는 없다. 그럼 죽음의 상징인가? 그렇지도 않은 것이 머리 없는 입상은 팔다리를 휘저으며 여전히 씩씩하게 걷고 있다. 팔다리를 휘저으며 걷고 있다면 그것은 죽음의 상징이 아닌 살아있음의 상징이다.

그럼 작가의 의도는 무엇인가? 나는 다시 의문에 휩싸이게 된다.

다음은 90을 훌쩍 넘긴 노모를 모시고 사는 한 지인의 이야기다.

지인의 전언에 의하면 자신의 노모는 여간 총명한 분이 아니다. 웬만한 가수나 배우, 심지어 운동선수까지 모르는 사람이 없다. 이름과 얼굴을 일치시키는 식별 능력은 말할 것 없고, 배우라면 그가 출연한 대표 작품을, 가수라면 그가 부른 노래, 야구 선수라면 그의 타율과 홈런까지 모두 꿰고 있다. 말하자면 그 분야의 전문가 수준이었다. 아들, 며느리는 90을 넘긴 노모한테서 연예계 소식이나 스포츠계 소식을 전해 듣는 때가 한두 번이 아니었다. 한마디로 극노인 같지 않은 놀라운 기억력과 총명을 가진 분이었다.

이런 노인이고 보니 며느리와 시어머니 사이가 원만할 리 없었다. 사사건건 부딪히기 일쑤였다. 가령 냉장고 하나를 정리하는 데도 시어머니와 며느리의 취향이 달랐다. 며느리가 며칠 집을 비울라치면 시어머니는 자기 취향에 맞게 냉장고 안 식재료의 위치를 바꾸어 놓는다. 위에 있던 것을 아래로, 아래 있던 것을 위로, 혹은 좌우를 바꾸어 놓기도 했다.

돌아온 며느리는 그걸 또 용납하지 않았다. 시어머니가 바꾸어 놓은 위치를 자기 취향에 맞게 다시 원래 위치에 갖다 놓았다. 이런 식으로 고부간의 갈등은 계속되고 중간에서 이러지도 저러지도 못하는 것은 아들이었다. 그야말로 진퇴양난이요, 안팎곱사등이 굽히지도 젖히지도 못하는 처지였다.

슬하에 외아들을 둔 지인 이야기를 하나 더 소개하고자 한다.

아들은 일찍 결혼했는데 마흔이 되도록 아이가 없었다. 은 근히 속으로만 걱정했을 뿐 옛날 같지 않은 이 시대에 아버지라는 위세로, 시아버지라는 위세로 아들 며느리를 내몰고 싶지 않아 그저 참고 기다리던 차에 이게 웬일인가. 며느리 나이 서른아홉에 손자를 보았다. 아들 며느리의 기쁨 못지않게 시아버지의 기쁨도 컸다.

칠순을 바라보는 나이에 본 친손자, 그 기쁨은 가히 짐작하고도 남는 일이었다. 휴대폰에 손자 사진을 담고 다니면서 만나는 사람마다 자랑하기에 바빠도 그걸 탓하는 사람은 없었다. 그리고 어느 자리가 되었건 며느리에게 도움이 될 만한 육아법을 들으면 잘 기억하고 있다가 며느리에게 전하는 수고도 마다하지 않았다.

그러던 어느 날, 아이가 젖병의 젖꼭지만 물고 있으면 정작 엄마의 젖을 빠는 것을 잊고 만다는, 참으로 중차대한 정보를 입수하였다. 집에 돌아온 그는 곧바로 며느리에게 전화를 걸어 이 사실을 알려 주었다.

이야기를 다 듣고 난 며느리의 대답은 이러했다.

"아버님, 그건 저도 알고 있거든요."

말수가 적고 간섭도 별로 하지 않던 사람이 나이가 들면서 말이 많아지고 사사건건 끼어들려는 사람으로 변모해 가는 것을 우리 주변에서 종종 목격한다. 이런 사람들은 TV에서 이런저런 정보를 입수하면 그것까지도 자신이 체험한 것처럼 자기 이야기로 만들어 버린다. 잔소리꾼 늙은이, 훼방꾼 늙은이는 이렇게 해서 탄생한다.

나이 든 사람들은 자신의 잔소리나 참견이 젊은이들에게 금과옥조와 같은 교훈이요 올바른 방향타라고 믿는 경향이 있다. 내 체험에 의하면…… 이것만으로도 할 말은 산같이 많은데 거기다 수많은 매체에서 얻고 쌓은 지식까지 동원하다 보면 밤을 새워도 그 끝을 보기가 어렵다. 사랑하는 아들 딸과 젊은이들의 미래를 위해 부득이 쏟아놓을 수밖에 없는 지혜들은 정말 경청할 만한 가치가 있는 것들이다.

그러나 노인들은 참다운 지혜는 사사건건 끼어들거나 훈시를 하는 데 있지 않다는 것을 모르고 있다. 알아도 모르는 체하는 것이야말로 노인의 가장 큰 지혜요 덕목이라는 것을, 섣불리 입 밖으로 뱉어 놓은 지혜는 이미 지혜가 아니요 잔소리밖에 안 된다는 것을 모르고 있는 것이다.

여기서 나는 올림픽 공원의 머리 없는 마지막 입상을 이런 뜻으로 해석하고 싶다. 작가는 노인의 지혜, 한 걸음 나아가

인간의 지혜가 어디에 있는가를 말해 주고 있다고, 인간의 지혜는 일일이 참견하는 데 있지 않고 알아도 모르는 체, 듣고도 못 들은 체, 보고도 못 본 체하는 데 있다고, 그것이 달관의 경지라고, 특히 노인에게 있어 그것은 더욱 절실한 것이라고.

노인이건 젊은이건 간에 요즈음 사람들은 공허한 말들의 홍수 속에서 살아가고 있다는 것을 우리는 주변에서 흔히 발견한다. 그로 인해 피해를 주기도 하고 혹은 받기도 하면서 공허한 말들은 오늘도 세상 구석구석에서 넘쳐난다. 집에서 넘치고 거리에서 넘치고 사람 모이는 곳 어디든 넘쳐난다. 노인들도 넘치고 청년들도 넘치고 어린 학생들도 넘쳐난다.

노소를 불문하고 공허한 말이 많아지거나 공허한 상념에 시달린다는 생각이 들 때 올림픽 공원에 가 볼 일이다. 거기 머리 없는 입상 앞에 서서 자신을 한 번 돌아보고 머리와 어깨를 내려놓는 것에 대해 곰곰이 생각해 볼 일이다. 머리와 어깨를 내려놓는다고 해서 전쟁터의 병사처럼 고꾸라지지 않고 당당하게 걷고 있는 기적 같은 저 입상을 바라보면서 나를 한 번 채찍질해 볼 일이다. 뒤집어 볼 일이다.

정이라는 것

큰아이가 초등학교 2학년 때였으니까 상당히 오래전에 있었던 일이다.

그때 나는 막 이사해 온 작은 아파트에 살고 있었다. 이사를 하고 나면 집안이 온통 어수선하여 달포 정도는 피난살이 바로 그것이었다. 그때는 요즈음처럼 익스프레스니 뭐니 하는 포장 이사라는 것이 없었다. 짐을 옮기고 내리는 일만 이삿짐센터의 몫이었고, 짐을 꾸리는 일과 정리하는 일은 모두 손수 하지 않으면 안 되었다. 놓을 자리에 놓고 보면 초라하기 짝이 없는 살림인데 짐을 싸놓으면 웬 놈의 세간이 그렇게 많던지. 우리 부부를 지치게 만드는 것은 무엇보다 그놈의 책상자였다.

결혼하고 이사하기를 그때가 벌써 세 번짼가 네 번째였을 것이다. 그래도 아파트로 이사했다는 사실 하나로 우리는 모든 괴로움을 잊을 수 있었다. 남들이 다 선망하는 아파트여서 그런 것은 물론 아니었다. 숨쉬기도 답답한 작은 아파트였는데도 단독주택과는 너무도 다른 생활환경이 그저 만족스럽기만 했다.

우리가 살던 단독주택은 문제가 많은 집이었다. 하수구가 막힐까, 연탄가스가 새지 않을까, 하는 걱정은 그래도 나은 편이었다. 정작 아내와 나를 우울하게 만든 것은 다른 데 있었다. 시도 때도 없이 하수구를 타고 올라오는 손가락만 한 지렁이였다. 싱크대로 기어 올라온 검붉은 지렁이는 남자인 내가 봐도 소름이 돋을 만한데 아내는 오죽했겠는가. 아침을 지으러 부엌에 들어갔다가 내지르는 아내의 비명에 잠을 깬 적이 한두 번이 아니었다.

소금을 뿌려도, 뜨거운 물을 부어도, 그 억척스런 지렁이의 등반을 막아내지는 못했다. 최선의 방법은 집을 헐고 다시 짓는 것이었는데 그럴만한 경제적인 여력이 없던 나는 작은 아파트나마 이사하기로 했고, 지렁이 공포로부터 벗어났다는 것 하나만으로 만족스러웠다.

그러나 단독주택에 대해 전혀 미련이 없었던 것은 아니었다. 무엇보다 볕이 잘 들어 채소를 심을 수 있는 두어 평 남짓한 마당과 대문 옆, 내 키보다 훨씬 크게 자란 덩굴장미는 두고두고 아쉬움을 남기는 부분이었다. 5월이면 그 새빨간 장미 송이의 아름다움이라니.

그럭저럭 이삿짐 정리를 끝낸 어느 날이었다. 내 발소리를 듣기가 무섭게 달려 나오던 아이가 보이지 않았다. 아내에게 물어보니 살던 동네에 놀러갔다고 했다.

"왜?"

그러나 그건 물을 필요도 없는 질문이었다. 보나마나 옛정이 그리워 갔을 테니까. 아무리 사람들이 선망하는 아파트라지만 모든 것이 낯선 이곳보다는 철이 들면서 거의 5년여를 보낸 그 허름한 단독주택이 아이에게는 고향과 다름없었을 것이고, 친구들과 든 정도 상당했을 테니까. 처음 며칠 동안, 아이의 옛 마을 방문을 짐짓 모른 체한 것은 바로 이런 짐작 때문이었다.

그런데 문제는 아이가 거의 매일 그리로 달려간다는 데 있었다. 특별히 과외를 시키는 것도 아니어서 아이를 굳이 붙잡아 둘 필요가 없는 때이긴 했다. 그러나 학교 숙제는 언제 하고 동화책은 언제 읽으며 다음 날 준비는 언제 하느냐는 걱정까지 저버릴 순 없었다.

아내는 나의 이런 걱정을 무시하고, 아니 무시했다기보다는 아이의 너무도 열정적인 고향 방문(?)에 속수무책인 채로 거의 한 학기를 방임하고 있었다.

엄마의 말을 듣지 않는 아이가 내 말이라고 들을 리 만무했다. 출근할 때마다 학교에서 돌아오면 숙제를 하라고, 다시는 그 동네에 가지 말라고 주의를 주었건만 퇴근해 보면 아이는 또 집에 없었다.

다행이라면 길 하나를 건너면 곧바로 옛집에 이를 수 있다는 점이었다. 길을 건너면 거기서부터는 골목길이어서 그렇게 위험하지도 않았다. 아이를 붙잡아 둘 수도 없는 노릇이고 보면 나중에는 조심하라고 당부하는 일만이 우리 부부가 할 수 있는 전부였다.

그래서 출근할 때면 언제부턴가 나는 옛 동네에 가지 말라는 말 대신 조심해서 길을 건너라는 말을 남기는 것으로 만족하고, 아이의 고향 방문에 대해서는 큰 신경을 쓰지 않기로 했다. 말리지 못할 바엔 당분간 방치하는 것이 아이의 정서를 위해서는 어쩌면 바람직할지 모른다는 계산도 들었기 때문이었다.

그렇게 한 학기와 여름방학을 보냈던 것으로 기억된다. 2학기가 시작되고 얼마 지나지 않아서였다. 퇴근해서 돌아오니 아내가 싱글벙글 웃고 있었다. 무슨 일이냐니까 아이 방을 가리키며,

"오늘은 얘가 꼼짝하지 않네요. 나가 놀다 오래도 이젠 관심이 없다는 표정이에요."

재미있다는 듯이 웃으며 말했다.

아내의 말을 듣는 순간 나는 그러면 그렇지, 이제는 신물이 난 게로구나. 듣기 좋은 노래도 세 번이라는데 몇 개월을 드나들었으니 진력이 날만도 하지. 아파트 생활에도 어지간히 적응이 되었을 테고……. 이런 생각을 하며 아이의 방을 슬쩍 들여다보았다. 아이는 정신없이 동화책을 읽고 있었다. 아빠 오셨다는 아내의 외치는 소리를 듣고서야 잠깐 나와 인사를 하곤 다시 제자리로 돌아가 책을 읽는 것이 나로서는 여간 흐뭇한 게 아니었다. 이제야 이사를 완전히 마무리 지은 것 같은 느낌도 들었다.

"당신이 바라는 대로 됐어요."

정말 이제 내가 바라는 대로 되었다. 아이는 위험한 길 건너기를 하지 않아 좋고, 그 나이에 읽지 않으면 안 될 동화책을 열심히 읽어서 좋고……. 스스로 하다 보면 방법을 터득

한다는 자율학습 이론이 결실을 맺었다고나 할까. 아이는 고향 방문이 부질없는 짓이란 걸 깨달은 게 분명했다. 그러지 않고서야 그토록 기를 쓰고 감행한 여행을 갑자기 중단할 까닭이 없지 않은가.

그런데 며칠 후 들은 이야기는 너무 뜻밖이었다. 아이가 고향 방문을 그만 둔 진짜 이유는 다른 데 있었다.

그 날은 토요일이었다. 모처럼 저녁 식사를 함께 하는 느긋한 자리였다. 나는 아이가 읽은 동화책에 대해 이것저것 설명을 해주다가 문득

"요즈음은 책을 많이 읽어 아빠 기분이 좋구나. 전에 살던 동네에 놀러가지도 않고."

하자 아이는 앞으로는 절대 거기 놀러가지 않겠노라고 사뭇 단호한 어조로 말했다. 아이의 어조가 너무 단호한 것이 놀랍기도 하고, 내가 짐작한 대로 어떤 깨달음이 있어 그런 것이 아닌가 궁금하기도 해서 나는,

"왜? 전에는 매일 가더니……."

하고 넌지시 물었다. 그러자 아이는,

"집이 없어졌거든."

하는 것이었다. 나는 그 말뜻을 얼른 알 수가 없어 아이 얼굴을 빤히 바라보며 되물었다.

"집이 없어지다니?"

그때 옆에 있던 아내가 우리가 살던 그 집이 며칠 전에 헐렸다고 귀띔을 해주었다. 집이 너무 낡아 새 주인이 내린 결단이었다. 계약을 체결할 때 그런 뜻을 비친 바 있어 나는 그걸 예견하고 있긴 했어도 그 시기가 그렇게 빠를 줄은 몰랐었다.

집이 헐렸다는 사실이 아이에게는 큰 충격을 준 것일까? 아이의 이야기를 종합해 본 결과는 이랬다. 집이 헐리고 나니까 거기 놀러 가는 재미도 없어졌다는 것이다. 집이 없어졌어도 그 동네가 없어진 것은 아니지 않느냐는 내 말에 아이는,

"집이 있어야 재미있지, 집이 없으면 재미없어. 아빠 그것도 몰라?"

하는 것이었다.

그건 뜻밖의 대답이었다. 아이 말대로라면 녀석은 단지 옛집에 대한 정을 달래기 위해서 그 동네에 갔다는 이야기가 된다. 집을 바라보며 노는 재미 때문에 거길 찾아갔는데 이제 집이 헐리니까 그럴 필요가 없어졌다는 것은 결국 그런 뜻이 아닌가. 집 때문에 생긴 정이 집이 헐리니까 그 정도 사라졌다는 뜻이 분명한 것이다.

대체 정이 무엇이기에?

　이때 문득 나의 뇌리를 스친 것은 정이란 것도 결국은 가시적인 형체와 결합되지 않으면 생명력을 상실한다는 평범한 진리였다. 한시라도 안 보면 못 살 것 같은 사람과 헤어져 그냥저냥 살아갈 수 있는 것도 그런 본질적인 무엇이 우리에게 숨어 있기 때문이 아닐까.

　이것은 신이 우리에게 내려준 특별한 은총인지도 모른다. 실체는 이미 사라졌는데 정에 목이 매인다면 살아남을 사람이 대체 몇이나 되겠는가. 일찍이 이 원리를 터득한 옛 사람들은 떠난 사람은 나날이 멀어지기 마련이라는 거자일소去者日疎란 숙어를 만들어냈을 것이다.

　이런 생각을 하면서 녀석을 바라보니 아이가 새삼스럽게 보였다. 정서가 그렇게 움직였다는 사실이 신기하기도 하고 귀엽기도 하여 부지런히 숟가락질을 하고 있는 녀석의 머리를 가만히 한 번 쓰다듬어 주었다.

　녀석은 영문도 모른 채 숟가락질을 멈추고 나를 빤히 올려다보고 있었다.

인간 역학 관계

대학시절, 나는 절친한 친구로부터 모 시인을 소개받아 알고 지낸 적이 있다. 그는 시를 잘 쓴다고 정평이 나 있는 촉망받는 젊은 시인이었다. 그는 지금도 왕성한 시작 활동을 하고 있는, 이제는 원로 시인의 반열에 올라 있는 시인이라는 것만을 밝혀 두기로 하고, 그 시인과 나 사이에 있었던 역학 관계가 재미있어 여기 그 자초지종을 적어 볼까 한다.

그와 내가 안면을 트고 지낸 지 한 학기가 지나고 이듬해 대학 축제가 열린 5월이었다. 그는 모처럼 시간을 내어 내가 다니는 대학에 놀러오게 되었고 나는 동급생 친구를 그에게 소개해 주었다. 인간관계란 이렇게 하여 얽히는 법이니 여기까지 별다른 문제가 될 것은 없었다.

문제가 발생한 것은 그 다음이었다.

어찌된 노릇인지 그 시인과 동급생 친구는 십년지기나 되는 것처럼 금세 가까운 사이가 되었다. 나와 시인의 거리보다 친구와 시인의 거리가 훨씬 가까웠다. 몇 번 만난 것도 아닌데 친구는 시인을 '형'이라 불렀고(시인은 우리보다 2년 연상이었다), 시인은 친구의 이름을 불렀다.

성을 생략하고 이름만 부를 때 가슴으로 스며들던 짜릿한 아픔을 나는 지금도 잊을 수가 없다. 성을 붙여 부르는 것과 성을 생략하고 이름만 부를 때 그 느낌의 차이가 그렇게 크게 난다는 것을 나는 그때 처음 알았다. 나에게는 꼬박꼬박 성을 붙이면서 친구는 성을 생략하고 내가 있건 없건 아주 자연스럽게 그리고 다정하게 이름을 불렀다. 가까운 친척 동생이나 되는 것처럼.

내 감정을 드러내기로 하면 친구를 원망할 수도 있고 시인을 원망할 수도 있었다. 아니, 두 사람 모두를 싸잡아 원망할 수도 있었다. 나에게 이럴 수가 있느냐, 나를 따돌리고 너희만 희희낙락할 수가 있느냐. 치사한 노릇이지만 이렇게 원망을 퍼부을 수도 있었다.

그러나 그것은 부질없는 짓이었다. 동급생 친구는 '형이라고 부른 게 뭐가 잘못이냐', 시인은 '동생 같아 그랬는데 그게 잘못이냐' 하면 그만이었다. 그러면 달려든 나만 바보가 되는 것은 정한 이치, 잘잘못을 떠나 그게 또 얼마나 치사스럽고 낯 뜨거운 다툼인가. 결국 나는 그 누구도 원망하지도 탓하지도 않기로 마음먹었다.

내가 참으면 모든 것이 원만해진다. 나는 그렇게 나름대로 정리하고 그 일은 그 선에서 마무리 짓기로 하였다.

역학 관계는 사람 셋이 모이면 발생하는 필연적인 현상일까. 이 비슷한 역학 관계를 최근 나는 또 한 번 겪었다.

한 지인이 자신의 친구 B를 나에게 소개한 것이 사건의 발단이었다. 그는 선의에서 B를 소개했고 거기에 어떤 악의도 개입되지 않았음은 물론이다. 그것은 대학시절 시인을 동급생 친구에게 소개할 때 나에게 어떤 악의도 없었던 것과 마찬가지였다.

문제는 그때처럼 역학 관계가 발생한 데 있었다.

어찌 된 일인지 B가 균형을 잃었던 것이다. 당연히 지인에게 더 가야 할 무게가 나에게로 기운 것이었다. 나로서는 전혀 예상하지 못한 불상사였다. B를 빼앗겼다고 생각한 지인의 참담한 심정을 나는 충분히 이해는 하면서도 죄 없는 나를 질시의 눈으로 보는 것 같기도 하여 참으로 난감한 처지가 되었다.

대학시절 피해자였던 내가 이번에는 가해자가 된 것, 인간사 새옹지마라더니 내가 그 꼴이 된 셈이었다. 그것은 원하지도 바라지도 않은 상황이었다. 피해자가 되었을 때 못지않게 가해자의 자리 또한 편하지만은 않았다.

그리고 이 상황에 대처하는 지인의 자세도 나와는 퍽 달랐다. 그가 플러스적인 행동이었다면 나는 마이너스적인 행동이었고 그것은 나의 마이너스적인 행동에 대한 경종이었다. 다스릴 수 없는 분노 앞에서는 감정이 시키는 대로 분노하라. 이것이 그때 내가 깨달은 진리였다.

호감과 비호감은 이성으로 판단하거나 강요해서 될 일이 아니다. 아무리 오래 알고 지내는 사이라도 더 이상 가까워질 수 없는 사람이 있고, 불과 한두 시간 만에 십년지기 아니 백년지기처럼 가까워지는 사람이 있다. 똑같은 잘못을 저질러도 너그럽게 용서되는 사람이 있는가 하면, 날카롭게 벼리고 또 벼린 비수로 10여 년 동안에 걸쳐 난자당하는 사람도 있다.

참으로 불가사의한 것이 인간관계이다.

사실 인상적인 역학 관계가 두 번이지 지나온 내 삶을 자세히 들여다보면 사람들과 어울리는 순간마다 역학 관계는 필연적으로 발생했다. 인간관계에서 생겨나는 희로애락喜怒哀樂이란 감정은 대개 이 역학 관계가 빚어낸 찌꺼기가 분명한데 그것에 따라 기뻐하기도 하고 슬퍼하기도 했다면 나는 찌꺼기에 휘둘린 한심한 존재인 것 또한 분명하다고 할 것이다.

그리고 이런저런 자리에서 내가 겪은 크고 작은 역학 관계는 호모사피엔스라는 동물의 존재 가치가 과연 어디에 있는지 새삼 의문을 갖게 했다. 내 가까운 이웃들부터 시작한 나의 이런 의문은 사회적으로 또 국가적으로 인정받는 사람을 거쳐 마침내 인류의 스승으로 추앙 받는 사람들에게까지 이르렀다.

감정에 휘둘리는 것은 평범한 사람의 못난 짓이고 걸출한 인물들과 성인군자로 일컫는 사람들은 이성에 따라 냉정을 유지하며 정말 합리적으로 사고하고 존경 받을 만한 처신을 하였을까? 나로서는 도저히 풀 수 없는 화두였다.

25년 만의 햇빛

이런 말을 들은 적이 있다.

– 내가 견뎌야 하는 세상이 나를 힘들게 하는가, 견뎌
내려고 하는 내가 나를 힘들게 하는가?

소극적인 사람은 후자, 즉 견뎌 내려고 하는 내가 나를 힘
들게 하는 사람에 들지 않나 생각된다. 세상이 나를 힘들게
하는 것이 아니라 내가 나를 힘들게 한다. 그 양심이라는 것
때문에…….
나는 아무리 생각해 보아도 소극적인 사람이다. 능동적인

구석은 찾아볼 수 없고 모든 것이 수동적이다. 솔직한 행동 하나면 모든 것이 끝이라는 생각으로 살아왔으니 그것이 바로 수동적인 삶이고 그 사이에는 많은 아픔이 있었다. 부당한 처사 앞에서도 나 하나 참으면 그만이라고, 심지어 도둑 누명을 쓰면서까지 참기만 했으니, 이보다 더한 내가 나를 힘들게 하는 일이 또 있을까.

아르바이트로 근근이 대학 생활을 꾸려가던 시절, 한 친구의 자취방 신세를 진 적이 있었다.

가정교사 자리를 구할 때까지 그 공백을 메울 공간이 없었던 나는 친구 집을 전전하며 며칠의 시간을 벌곤 했는데 그때에도 마침 그런 처지에 몰려 고향 친구인 K의 자취방을 찾아갔던 것이다. K가 나를 반기느냐 반기지 않느냐는 따지고 말 계제가 아니었다. 며칠만 신세를 진다는 두둑한 배짱뿐이었고, 그 친구는 내 처지가 딱해서 그랬던지 하여간 동거를 허락하기에 이르렀다.

K와 나의 동거는 이렇게 시작되었다.

K는 자신이 다니는 대학교 바로 앞에서 자취를 하고 있었다.

쌀 한 톨이 귀하던 시절이라 아무리 친구라지만 한두 끼면 몰라도 계속해서 공짜로 밥을 얻어먹거나 먹여준다는 것은 여간 어려운 일이 아니었다. 친구가 잠자리에서 일어나기 전 일찌감치 집을 나서고, 저녁에는 될 수 있는 대로 늦은 시각, 저녁 식사시간을 피하여 귀가한 것은 바로 그 사정을 고려한, 잠자리 이외의 신세는 지지 않는다는 나의 확고한 철학, 아니 바보스런 행동 지침 때문이었다. 어쩌다 끼니를 의탁하는 일은 지극히 예외적인 경우로 손가락으로 꼽을 정도였다. 비가 온다거나 일요일이거나(당시에는 토요일에도 정상적인 강의가 이루어졌다).

그러던 어느 날, 여름방학이 얼마 남지 않은 때였다.

그날따라 녹초가 된 나는 일찍 친구 자취방으로 돌아왔다. 낮잠이라도 실컷 잘 심산이었다.

그 친구와 동거를 시작한 이후 그렇게 일찍 귀가한 것은 그때가 처음이었다. 친구가 몇 시쯤 집을 나서고 몇 시쯤 돌아오는지 전혀 몰랐던 것은 그 때문이었다. 내가 돌아오는 시각에 그는 언제나 집에 있었으니 일찍 귀가해도 친구는 으레 집에 있으려니 생각한 것이었다. 그런데 그게 잘못이었다.

대문을 열고 들어서면 그 친구가 기거하는 방문이 곧바로 보였다. 방 앞으로 엉덩이 하나를 걸칠 만한 툇마루가 있었고 방문은 이중으로 되어 있어 격자무늬 문을 당기면 미닫이였다. 툇마루가 끝나는 곳에서 두어 걸음 안쪽으로 부엌, 그 옆으로 대청마루가 있고 대청마루를 중심으로 안방과 건넌방이 있었다. 이것은 당시 서민들 집의 전형적인 모습이었다.

버스에서 내린 나는 지친 몸을 이끌고 대문을 밀고 들어섰다. 격자무늬 바깥문은 활짝 열려 있었고 미닫이는 닫혀 있었다. 본능적으로 댓돌을 보니 신발이 보이지 않았다. '아직 학교에서 오지 않았나?' 이런 생각을 하며 툇마루 앞으로 다가갔다. 미닫이를 열려고 손을 올리려다 나는 움찔 놀라고 말았다. 손잡이 옆에 주먹만한 자물쇠가 달려 있었기 때문이었다.

나는 문이 잠긴 상황을 전혀 예상하지 못했다. 그 친구가 평소 문을 잠그고 다닌다는 것도 물론 알지 못했다. 허름한 몇 벌의 옷과 책 몇 권이 전부인 자취방인 데다 바로 옆에 주인이 거처하는 안방이 있는데 자물쇠까지 매달 필요가 어디 있겠는가. 그러나 나의 순진한 이런 생각을 비웃기라도 하듯 자물쇠는 바로 눈앞에 현실로 떡 버티고 있었다.

한숨이 절로 나왔다. 몸은 천근인데 어떻게 한다? 잠시 툇마루에 엉덩이를 걸치고 있는데 주인아주머니가 안방에서 나왔다. 나는 마당으로 내려서는 아주머니에게 혹시나 하는 마음에서 이렇게 물었다.

"이 방 학생, 아직 학교에서 안 왔나요?"

"글쎄, 그런가 봐요."

아주머니는 내 물음에 건성으로 답을 하고는 부엌으로 들어갔다. 잠깐 볼일을 보러 나간 것이 아닌가 싶어 한 말이었지만, 그런 상황이었다면 자물쇠까지 매달 필요가 없다. 그러니 내 질문은 하나마나한 질문이었다. 그런데도 아주머니 대답을 듣고 나니 또 한 번 한숨이 나왔다.

언제까지 툇마루에 앉아 있을 수도 없어 나는 밖으로 나왔다. 한 십여 분만 걸으면 그 친구 학교가 있었다. 거리를 어슬렁거리기보다는 그래도 교정이 낫겠다 싶어 나는 교문으로 들어섰다. 울창한 소나무 숲을 지나 본관 건물이 있는 쪽으로 걸어갔다. 건물 뒤편으로 가서 나는 여기저기를 기웃거리다가 잔디가 깔린 한적한 곳 하나를 찾아내었다.

나는 잔디밭에 누웠다. 무거웠던 몸이 비로소 안식을 취하는 순간이었다. 나는 심호흡을 몇 번하고는 눈을 감았다. 나른한 피곤이 온 몸으로 퍼져나갔다. 한참을 그러고 있다가 눈을 뜨니 노을빛으로 물들어 가는 하늘이 눈에 들어왔다. 다시 눈을 감았다. 비몽사몽 아련한 안개 속을 헤매다가 약간의 한기를 느끼며 눈을 뜨니 노을빛도 사라지고 짙은 땅거미가 숲에 내려와 있었다. 나는 K가 돌아올 충분한 시간을 확보하기 위해 거기서 좀 더 시간을 보내다가 집으로 돌아왔다. 노란

전등 빛이 창문마다 새어나오는 시각이었다.

대문을 밀고 들어서니 먼저 활짝 열린 K의 방과 무엇이 그리 급한지 백열등 아래 이리저리 서성이는 K의 모습이 들어왔다. 청소를 하나? 나는 K가 돌아왔다는 사실 하나에 안도하면서 툇마루에 엉덩이를 걸쳐놓으며 물었다.

"뭐하는데……?"

그러자 K의 목소리가 내 귀청을 때렸다.

"어떤 놈이 내 라디오를 훔쳐갔다."

나는 거들떠보지도 않은 채 내뱉는 목소리에는 분노가 가득 차 있었다.

라디오를 훔쳐 갔다고? K가 소중하게 여기는 라디오가 없어졌다고? 라디오 한 대면 재산 목록 2호쯤에 너끈히 오를 수 있었던 시절에 라디오를 도둑맞았다는 것은 보통 일이 아니었다.

그의 말을 듣고 미닫이를 보니 자물통이 달려 있던 고리가 뒤틀려 있었다. 한 쪽 고리를 박은 두 개의 못이 뽑히고 자물쇠는 옆으로 반쯤 기운 채 매달려 있었다.

참으로 난감한 순간이었다. 파출소에 신고하라는 말도 나오지 않았다. 그저 멍하니 있다가 '어떻게 하지?' 나는 혼잣말처럼 중얼거렸다. K의 신세를 진 것이 그때처럼 부담스러울 수가 없었다. 그러나 이미 엎질러진 물, 나는 난감한 얼굴로 한 동안 K의 분주한 손놀림을 지켜보고 있었다. 그는 도둑이 방 안 가득 흩어 놓은 옷가지와 속옷, 양말 따위를 제자리에 집어넣고 있던 참이었다.

그런데 이윽고 던지는 K의 한마디가 내 귀를 후벼 파고 들었다.

"아까 네가 왔다 갔다면서? 주인아주머니가 그러더라."

네가 훔쳐간 것이 아니냐는 말투였다. 순간 어이가 없었다. 하지만 내가 다녀간 것만은 사실이었다. 난 사실대로 말했다.

"문이 잠겨 있어서 그냥 나갔다."

"……."

K는 믿지 않는 눈치였다. 더 토를 달지는 않았는데도 그 침묵이 오히려 나를 의심한다는 뜻을 전하고 있는 것 같았다. 말보다 더한 침묵의 힘. 아, 무서운 그 의심.

라디오 도난 사건에 대해 K와 다시 이야기를 나눈 것은 그로부터 25년이 흐른 다음이었다. 나는 서울에서, 그 친구는 고향에서 직장 생활을 시작한 탓에 그 문제를 다시 꺼낼 기회가 없었다. 어쩌다 고향에 들러 그를 만날 때가 있어도(주로

애경사가 있을 때), 나도 바쁘고 그도 바쁜지라 시간을 내어 라디오 이야기를 나눌 만한 시간이 없었다.

여유를 갖고 그를 만난 것은 내가 고향 가까운 도시로 직장을 옮긴 다음이었다.

나는 문제의 사건이 터진 25년 전 그날, 방문이 잠겨 있어 교정에서 시간을 보내다가 돌아왔다는 것을 말해 주었다. 그리고 덧붙였다.

"자네는 내가 라디오를 훔쳤다고 의심했지?"

그러자 K는 정색을 하고

"미안해."

하였다. 내가 훔친 것으로 의심했다는 뜻과 사과의 뜻이 담긴 한 마디였다. 참으로 어이없는 25년 만의 확인이요 사과였다.

나는 그가 진심에서 우러나온 사과를 했는지 아니면 여전히 의심을 하면서 마지못해 사과를 했는지 알지 못한다. 의심을 하면서 사과했다고 하면 그것은 내 한계를 벗어난 어쩔 수 없는 경지일 것이다. 그러나 나는 그가 진심에서 그렇게 말했다고 믿고 싶다. 25년 만에 나는 광명의 세계로 나왔고, 내가 나를 더 이상 견딜 수 없게 만들고 싶지는 않았으니까.

인간은 사회적 동물이라고 한다. 이 말은 사회라는 바다를

떠나 인간은 존재할 수 없다는 뜻일 것이다. 그 누구도 사람
을 떠나서는 살 수 없다. 그러나 사람 사이에서 살아간다는
것은 또 얼마나 힘겹고 고달픈 일인가.

패자의 미학

  – 이기는 습관을 길러라. 그런 사람이 성공한다.

이 말이 옳다고 여기는 사람들은 어린아이 때부터 아이의 기를 살리기 위해 무진 애를 쓴다. 기가 죽으면 이길 수 없고 이기지 못하면 성공하지 못한다. 음식점 같은 공공장소에서 아이들이 법석을 피워도 감히 제지할 엄두를 내지 못하는 것은 '당신이 뭐기에 아이의 기를 꺾느냐'는 부모의 반격이 겁나서다. 참견을 했다가 봉변을 당하는 장면을 보거나 직접 당한 사람들은 더구나 혀를 내두를 뿐 간섭하려 들지 않는다.

아이의 기를 살리기 위해서, 아이의 성공을 위해서…….

이 점에 대해서 우리 모두는 대체로 동의하고 있으며, 개선해야 한다는 의지는 미약한 것 같다. 남을 배려해야 한다는 예의범절은 이 경우 잠시 뒤로 미뤄 둔다. 성공한 다음에 남을 배려해도 늦지 않다는 생각인지도 모르겠다.

지는 일에 익숙한 사람은 남의 오해를 사기 쉽고, 놀림감이 되기 쉽다. 이것은 내가 살아오면서 터득한 깨달음 같은 것이다. 남의 오해나 사고 놀림감이 되는 사람이 어떻게 기를 살려 성공할 수 있겠는가. 원리가 이럴진대 이기는 습관을 가진 사람, 기가 넘치는 사람이 성공한다는 것은 대체로 옳은 말이며, 따라서 어린 아이 때부터 기를 살려야 한다는 것은 그렇게 잘못된 주장이 아닌지도 모르겠다.

대학시절, 친구 P가 다른 친구 K와 술좌석에서 시비가 붙어 마침내 주먹다짐에 이른 일이 있었다. K는 운동으로 다진 근육질 몸매인 데 반해 P는 연약하기 짝이 없었다. P는 K의 적수가 되지 못한다는 것은 벌써 그 체구에서 드러났다. 그러니 K의 주먹 한방에 P가 나가떨어진 것은 이미 예견된 일이었다.

그런데 결과는 예상을 뒤엎는 것이었다. 당연히 K의 승리

로 끝날 것 같았던 주먹다짐의 결과는 P의 패배가 아니라 K
의 패배였기 때문이다. 나가떨어진 P는 엉금엉금 일어나 K
에게 도전했고 그때마다 K의 주먹은 어김없이 날아왔다. 그
러나 P는 결코 포기하지 않았다. 일어나 다시 도전했다. 이러
기를 수십 차례, 마침내 백기를 든 것은 K였다. 너무 오래전
일이라 기억이 희미하지만, K가 잘못했다고 했다던가, 아무
튼 두 손을 든 것은 P가 아니라 K였다.

이 비슷한 일화는 정 회장 일대기에도 등장한다.
주지하다시피 정 회장의 고향은 이북 통천.
초등학교 때였다고 한다. 시비의 발단은 통천에서 평양까
지 거리와 서울까지 거리를 비교하는 데서 시작되었다. 두 살
이나 나이가 많은 데다 이미 결혼까지 한 친구는 서울이 더
멀다고 했고, 정 회장은 평양이 더 멀다고 주장했다. 주장은
끝없는 평행선을 달렸다. 내가 옳고 상대방이 틀렸다는 것.
마침내 입씨름은 멱살잡이로, 멱살잡이는 주먹다짐으로 발
전했다. 덩치로나 힘으로는 도저히 당해낼 수 없는 두 살 위
인 친구와 붙은 싸움이었다. 앞의 경우와 마찬가지로 예상을
뒤엎고 결과는 정 회장의 승리로 끝났다.
정 회장은 한 대를 때리고 열 대를 맞으면서도 대들었고

그날 결판이 나지 않자 다음 날 5학년 교실 앞에서 친구를 기다렸다가 다시 싸움을 걸었다. 그 날도 결판이 나지 않자 다음 날 또 싸움을 걸었다. 이러기를 수십 번, 마침내 친구가 두 손을 들었다.

완전한 정 회장의 승리였다. 졸업할 때까지 멀리서 정 회장의 그림자만 보아도 그 친구는 도망을 쳤다고 한다.

나도 학창 시절 정 회장과 비슷한 일을 겪은 일이 있다. 그런데 나는 정 회장처럼 승부 근성을 발휘하지 못하고 그 날로 두 손을 들고 말았다. 상대방이 나보다는 훨씬 주먹이 세고 힘이 장사였다는 것은 구차한 변명일 뿐 패배의 원인은 나의 승부 근성의 부재에 있었다. P나 정 회장과 같은 승부 근성이 나에게 10%만 있었어도 나는 지지 않았을 것이고 내 인생도 달라졌을지 모르겠다.

삶을 결정하는 중요한 요소는 승부 근성인 것 같다. 능력이라는 것도 이 승부 근성에서 나오는 것이지 처음부터 능력이 있어 좋은 결과를 가져오는 것은 아니라는 생각이 든다. 승부 근성이 없는 사람은 능력도 없다는 말은 부인하기 어려운 진리가 아닌가 싶다.

그러나 승부 근성이 곧 '1등의 미학'을 의미하지는 않는다.

전직 대통령 가운데 한 분이 러시아 명문 대학을 방문한 자리에서 '2등도 필요 없고 오직 1등만 필요하다'는 요지의 강연을 하는 것을 보고 경악을 금치 못한 적이 있다. 1등만 필요하다면 2등은 어떻게 하고 꼴찌는 어떻게 하란 말인가?

승부 근성과 1등을 동일한 개념으로 오해하고 그런 식으로 말했겠거니 생각을 하면서도 한편으론 정말 1등을 염두에 두고 그런 말을 한 것이 아닌지 의심이 가기도 한다. 만일 정말 그런 마음에서 1등만이 중요하다고 했다면 얼마나 한심스런 대통령인가.

나는 1등만이 아니라 패자에게도 미학은 존재한다고 믿고 있다. 한 번 상상해 보라. 1등만 살아가는 세상, 승자만 살아가는 세상이 과연 행복한 세상일 수 있는가를……. 금메달 이외의 메달은 모두 쓰레기라는 식의 삶은 행복한 삶이 아니라 무서운 삶이다. 불안하고 답답한 삶이다.

패자의 미학도 인정하는 자세가 중요하다. 동녘 하늘을 붉게 물들이며 떠오르는 아침 해만 아름다운 것이 아니라 서산을 넘는 저녁 해도 아름다운 것이다. 앞마당에 핀 모란만 아름다운 것이 아니라 뒤꼍 담장 아래 핀 봉선화도 아름다운 것이다.

패자의 미학을 인정하지 않은 세상이 얼마나 황량한 것인가는 최근 뉴스에서도 증명이 된다. 1등을 강요하는 부모를 토막 내어 죽이는가 하면, 어머니를 죽여 그 시신을 숨기고 8개월을 보낸 자식, 1등 압박감에 시달리다 자살하는 학생들……. 그들을 우리는 비난할 수 있는가? 1등만 필요하고 2등도 필요 없다는 전직 대통령은 이 비극을 어떻게 설명할지 궁금하다.

승부 근성은 중요하다. 그러나 1등만을 강조하는 것은 문제가 있다. 1등 이전에 우리는 승부 근성을 강조해야 하고 그 결과에 승복하는 미덕을 강조해야 한다. 후회 없이 다한 노력, 그 결과가 어떻든 그것은 아름다운 것이다. 대치동 포스코 센터 1층 화장실 변기 위에 붙어 있다는 다음 경구처럼.

이기는 것이 전부는 아니지만, 이기기를 원하는 것은 중요하다.
(Winning isn't everything, but Wanting to win is.)

독야청청 포플러

지구온난화 영향일까, 해마다 계절이 바뀌는 속도는 다른 것 같다. 어느 해는 빠르고 어느 해는 느리다. 절기상으로는 가을인데 겨울처럼 추울 때가 있고 그 반대인 경우도 있다.

금년에는 유달리 추위가 빨리 찾아온 것 같다. 11월로 접어들자 기다렸다는 듯이 추위가 몰아치더니 내내 엄동의 날씨다. 맞추어 나뭇잎들도 다투어 떨어지기 시작했다. 중순이 지나면서 나무마다 잎들이 시들어 가고 앙상한 몸매를 드러냈다. 가로수도 벌거벗은 것이 대부분이고, 아니면 말라비틀어진 잎사귀들이 가지 끝에 간신히 매달려 있다. 11월치고는 사뭇 살벌한 풍경이 아닐 수 없다.

두툼한 점퍼를 걸치고 나는 거의 매일 구청 앞을 지난다.
그러던 12월 어느 날 구청 앞에 서 있는 두 그루의 포플러를
올려보다가 고개를 갸웃하지 않을 수 없었다. 주변의 나뭇잎
들은 볼품없이 퇴색하여 거의 잎을 떨구었는데 포플러 잎들
만은 푸른빛을 자랑하고 있었기 때문이다. 한여름인 양 잎에
서는 윤기마저 돌고 있었다.

불과 2미터 정도 떨어진 다른 나무와는 달리 유독 두 그루
의 포플러만이 푸름을 잃지 않고 있다니……. 처음에는 고개
만 갸웃했을 뿐 큰 관심을 두지 않았다. 그런데 그 앞을 지날
때 나도 모르게 시선이 나뭇잎을 향하면서 호기심이 발동하
기 시작했다. 언제 저 잎들이 다 질 것인가? 12월 중순, 설마
이대로 겨울을 나는 것은 아니겠지?

포플러의 푸른 잎을 과학적으로는 이렇게 설명할 수 있을
지 모르겠다. 양지 바른 곳인 데다 뿌리내린 땅속의 수량이
풍부하여 푸름을 유지하게 된 것이라고……. 그렇기로서니
금년 같이 일찍 찾아온 추운 날씨에 12월 중순이 넘을 때까
지 푸름을 유지하고 있다는 것은 놀라운 일이 아닐 수 없었
다. 혹독한 추위를 여태껏 견뎌 내다니.

1월이 되어서도 포플러에는 큰 변화가 없었다. 1월의 첫
주가 지났는데도 그야말로 독야청청이었다. 마침내 나는, 언

제까지 버티나 보고 싶어 일부러 구청 앞으로 걸음을 옮기기
도 했다.

자세히 보니 12월과는 다른 점이 하나 있긴 있었다. 세밑
까지만 해도 다소 윤기가 흐르던 잎들이 이제 그 윤기가 완전
히 걷히고 가지에 매달린 채 말라가고 있었다. 잎이 지기 전,
곱든 밉든 물이 드는 상례를 깨고 푸름을 간직한 채 말라 가
는 잎들……. 이럴 수도 있구나. 벽에 걸린 마른 꽃을 보는 것
처럼 그것은 황량한 풍경이었다.

1월 중순 어느 날, 구청 앞을 지나다 보니 드디어 잎은 다
떨어지고 없었다.

그러면 그렇지. 이 세상 누구도 태생의 한계를 벗어날 수
없는 법. 상록수가 아닌 이상 이 겨울을 날 수는 없지.

정확히 어느 시점에서 잎들이 우수수 떨어졌는지 24시간
지켜보지 않은 나로서는 알 길이 없다. 다만 녀석들이 마지막
순간까지 안간힘을 썼으리라는 짐작은 갔다. 가지 끝에 붙어
있는 몇 개의 잎들이 그것을 말해 주고 있었다. 악착스런 포플
러의 생명력에는 찬사를 보낼 수밖에 없지 않을까 싶다.

모든 나무들은 가을이 되면 단풍으로 단장한다. 그것은 자
연의 이치이기도 하고 사람들이 바라는 바이기도 하다. 푸름
이 물러난 나뭇잎을 바라보며 사람들은 한 해가 저물어 가고

있음을 실감하고 명상의 시간, 철학의 시간을 갖기도 한다. 단풍의 아름다움은 그 빛깔에 있다기보다는 우리에게 제공하는 이런 시간에 있다고 하겠다. 잠시나마 잠기는 명상, 생명과 죽음의 신비를 헤아리는 시간은 얼마나 아름다운 시간인가.

그런데 유감스럽게도 구청 앞 두 그루의 포플러는 이런 사명을 다하지 못했다. 다른 나무처럼 단풍을 만들지 못하고 나무에 붙어 푸름을 유지한 채 고사하고 말았다. 그 결과 가을 풍경에는 조금도 보탬을 주지 못한 채 나무에서 떨어지는 신세가 되고 말았다.

포플러의 마지막을 확인하고 돌아온 날이었다.

문득 주변에서 보고 들은 몇 가지 사례가 생각나면서 고작 한 달 정도 잎이 더 매달려 있었다고 해서 그 포플러의 생명력에 찬사를 보내는 것은 옳지 않다는 생각이 들었다.

여기 90을 훌쩍 넘긴 한 노인이 있다. 그는 퇴행성 관절염으로 걷지도 못하고 늘 누워 있으며, 부축을 받지 않으면 화장실 출입도 마음대로 하지 못한다. 그럼에도 생명에 대한 애착만은 대단하다.

방바닥을 기어 다니면서 운동을 한다. 즐겨 먹던 음식도 잔류 농약이 기준치를 넘었다든지 발암 물질이 발견되었다든지 하는 보도를 접하게 되면 즉시 폐기 처분한다. 그날 아침에 사온 고가의 식품일지라도 쓰레기통에 던져 버리는 것을 조금도 주저하지 않는다. 반면에 어떤 식품이 건강에 좋다는 보도가 있으면 당장 사오도록 한다. 그리고 끼니마다 알뜰하게 챙겨 먹는다.

이 노인의 위대한 생명력은 1월 초순까지 잎을 달고 있던 포플러의 생명력에 비견할 만하다. 포플러의 생명력에 찬사를 보낸다면 이 노인의 그 강인한 생명력에도 찬사를 보내는 게 마땅하다. 그러나 정말 찬사를 보내는 것이 옳은 것일까? 강인한 생명력의 발휘라고 찬사를 보낼 수 있을까?

오로지 생명 연장에만 매달린 노인의 삶에 인생의 지혜는 털끝만큼도 묻어나지 않는다. 단지 '오래 존재했을 뿐'이라는 기록을 남긴 포플러와 노인의 삶에 무슨 의미가 있겠는가.

태생의 한계를 벗어날 수 없는 독야청청 포플러에 찬사를 보낼 수 없는 것처럼 기어 다니면서 운동을 하는 노인에게도 찬사를 보낼 일만은 아닌 것 같다. 어느 시인이 노래한 것처럼 떠나야 할 때를 알고 떠나는 이의 뒷모습이 아름다운 것은 이런 추태를 부리지 않았기 때문일 것이다.

역린(逆鱗)

역린에 관한 이야기는 중국의 고전 『한비자』에 나온다.
'역린'은 거스를 逆, 비늘 鱗자를 쓰고 있으니 글자 그대로는
'거꾸로 난 비늘'이란 뜻이다.

『한비자』에 전하는 역린과 관련된 고사는 다음과 같다.

용은 상냥한 짐승이다. 길들이면 사람이 탈 수도 있다.
그러나 턱 밑에 지름이 한 자나 되는 비늘 하나가 거꾸로
나 있는데, 만일 이것을 건드리면 용은 그 사람을 반드시
죽여 버리고 만다. 군주에게도 이런 역린이 있다.

여기서 연유하여 군주의 노여움, 임금의 분노를 가리켜 '역

린逆麟'이라 일컬었다. 한비자는 임금의 역린을 건드리지 않는 신하는 말하는 바를 이룰 수 있고, 역린을 건드린 신하는 살아남지 못한다고 했다.

이것은 비단 군주에게만 해당되는 것은 아닐 것이다. 상사나 동료, 말단 직원, 아니 부부간, 절친한 친구 간에도 역린은 존재한다. 군주의 역린은 정치 상황과 맞물려 여러 형태로 복잡할 수 있는 반면 보통 사람들의 역린은 한마디로 '자존심'이라고 나는 해석하고 있다. 역린을 건드리지 않는다는 것은 곧 최소한의 자존심에 상처를 주지 않는 것을 말한다. 역린을 건드리지 말라. 이 말은 자존심을 건드리지 말라는 말이나 다름없다.

모든 사람에게는 자존심이라는 역린이 있다. 인간관계를 원활히 유지하기 위해서는 이 '역린'의 의미를 되새기고 자신의 언행이 상대방의 자존심을 해하지 않는지 살펴야 한다. 부부 관계에서조차 파탄의 발단은 거창한 어떤 문제가 아니라 상대방의 역린을 건드린 데서 비롯되기 일쑤다. 말단 직원이라고 해서 인격을 무시하고 짓밟는다면 그 회사의 장래는 보나마나 먹구름이다. 거리에서 구걸하는 걸인조차 역린을 건드리면 쪽박을 내던지고 만다.

며칠 전 신문에 보도된 살인 사건도 그 발단은 역린에 있었다. 후배로부터 '똑바로 살아라'는 한마디를 들은 선배는 그 분을 참지 못하고 후배를 살해하고 말았다. 부모의 꾸지람을 듣고 친부모를 살해한 반인륜적 사건도 마찬가지였다.

도박으로 재산을 탕진한 선배에게 '똑바로 살아라'는 충고는 선배의 역린, 즉 자존심을 건드렸고, '빈둥거리지만 말고 어디든 취직을 해서 돈벌이를 하라'는 부모의 질책은 아들의 역린을 건드렸다. 자존심이 상한 후배는 선배를 살해했고 아들은 아버지를 살해했다. 역린을 건드린 결과가 얼마나 무서운가는 더 예를 들 필요도 없다.

돈이 많으냐 적으냐, 복종 관계냐 아니냐……. 이런 조건에 따라 역린이 존재하기도하고 존재하지 않기도 하는 것은 아니다. 강조하거니와 부귀와 귀천을 떠나 모든 인간은 역린을 갖고 있다.

그런데 종종 허상에 젖어 사는 사람을 만날 때가 있다. 지금 살고 있는 이 세상, 내가 어울려 살고 있는 이 사람들은 타락한 존재들이어서 의당 역린을 갖고, 옛날 성인군자에게는 역린이 없었을 것이라는 허상 말이다. 공자나 맹자, 석가 혹은 예수에게 역린 따위는 없었을 거라는 허상을 갖고 있는 사람들은 현대인을 도덕적 타락의 극치라고 비판하는 데 조금도 주저함이 없다.

　이런 사람들은 성인군자의 말을 금과옥조로 여기고 그들의 인격은 하늘처럼 높다고 굳게 믿는다. 하늘과 땅의 기운을 받고 태어난 신묘하고 오묘한 존재요, 높은 도덕을 갖춘 성인군자이니 그것은 너무도 당연하다고 믿는다.

　성스럽고 신성한 존재는 이렇게 해서 탄생한다. 만일 거룩함과 신성에 누가 되는 언행을 하게 되면 뭇사람들의 손가락질을 받게 되고 자신도 나중에는 불경죄를 범한 것처럼 자책하고 부끄러워한다. 설령 그것이 예술 작품이라 할지라도 용서되지 않는다. 요절을 낼 것처럼 달려드는 무리를 이겨낼 재간이 없다.

　내가 안타깝게 여기는 것은 이 부분이다. 성인군자나 높은 인격자에게는 역린 따위가 있을 리 없다는 믿음이, 아니 그 상상이 과연 옳은 것일까? 그들과 같은 시대를 살아보지 않았고, 가까이서 그들의 언행을 지켜본 것도 아니니 큰소리를 칠 처지는 아니라는 것을 알면서도 어쩐지 그들에게도 역린이 있을 것 같은 생각이 든다.

　성인군자, 도덕군자이기 때문에 그들의 역린은 더 크고 넓을 수 있고, 그래서 더 예민하게 작용할 수 있다. 산이 높으면 골이 깊다는 말이 있다. 성인군자가 다다른 높은 경지는 그에 비례하여 일반인과는 다른 역린을 키울 수 있다. 평범한 사람이었다면 차라리 쉽게 해결할 사안도 성인군자이기 때문에 그 분노는 무섭게 폭발하는 것이다.

임금이건 성인군자건, 인격자건 아니건 모든 인간은 눈에 보이지 않는 역린을 달고 살아간다. 다만 역린의 크기가 다르고 예민의 정도가 다를 뿐이다. 역린의 크기와 예민도에 따라 분노의 크기가 다르고 깊이가 다르다. 이런 차이가 있긴 해도 역린은 엄연히 존재한다.

사람들과 어울려 살면서 가장 어려운 일은 상대방의 역린을 간파하는 일이다. 상대방이 지니고 있는 역린의 크기와 예민도를 미리 파악하고 이에 대응한다면 인간관계에서 오는 어려움은 80% 이상 사라질 것이다. 그러나 이것을 제대로 파악하지 못했을 때 만사는 꼬이고 어려워진다.

세상살이가 고달픈 것은 사람마다 지니고 있는 이 역린 때문이라고 말해도 좋을 것이다.

무서운 사람

　김동인의 단편 「광염 소나타」에 사회 교화자라는 사람이 등장한다. 문자 그대로 '사회를 교화하는 사람'이 사회 교화자이다. 사회 정의를 구현하기 위해 헌신하고 봉사하는 사람이라고 말할 수도 있을 것이다.

　천재적인 작곡가 백성수는 살인, 방화, 시간과 같은 온갖 범죄 행위를 저지른다. 살인범이요 방화범이며 사체오욕범인 그는 경합범으로서 용서의 여지가 없는 패륜아이다.

　문제는 그가 이런 범죄를 저지른 다음 불후의 명곡을 작곡한다는 데 있다. 불후의 명곡을 작곡했으니 처벌해서는 안 되는가, 아니면 죄를 지은 이상 처벌해야 하는가. 음악평론가 K씨는 그 천재성을 높이 사 백성수를 벌해서는 안 된다는 주장을 펼치고, 사회 교화자는 그런 이유로 벌하지 않는다면 이 사회는 온통 죄악으로 넘쳐날 것이니 죄를 지은 이상 벌하는 것이 마땅하다는 주장을 편다.

이것이 「광염 소나타」의 주요 골자이다.

내가 새삼스럽게 「광염 소나타」 이야기를 꺼낸 것은 작년 여름, 실로 우연한 자리에서 「광염 소나타」의 사회 교화자와 음악평론가 K씨 사이에 벌어진 것과 비슷한 논쟁을 경험한 일이 있었기 때문이다.

그날 있었던 자초지종을 여기 적어 보려 하거니와 약간의 변형을 더해 소설 형식으로 적었음을 미리 밝혀 둔다.

작년 늦여름, 그러니까 8월 하순경이었다. 막바지 피서 철을 넘긴 한적한 남한강변 카페에서였다.

나는 아내와 함께 민박집에서 이틀 밤을 묵었다. 하루는 예정한 민박이었지만 다음 날 하루는 전혀 예정에 없었던 민박이었다. 내가 하룻밤을 더 묵게 된 까닭을 지금부터 말하려고 한다.

하룻밤을 묵고 다음 날, 오후 서너 시쯤 서울로 가려던 참이었는데 아내가 강변의 카페를 가리키며 카페가 너무 멋있지 않느냐고 커피 한 잔을 마시고 가자고 조르는 바람에 그 카페에 들렀던 것이다. 우리가 자리 잡은 창가는 '마른 꽃 걸린 창가'는 아니었지만 강물이 내려다보이는, 그런대로 운치가 있는 자리였다.

카페 안은 한산했고 그 한산한 분위기가 좋아 나와 아내는 커피 한 잔을 앞에 놓고 한참을 창밖을 바라보고 있었다. 흘러가는 강물이 눈에 들어오고 반대편 산기슭이 눈에 들어왔다. 아직은 더운 날씨라서 그런지 산 그림자의 일부가 강물에 내려온 모습이 한가롭고 아늑해 보여 우리는 그 풍경에 한껏 몰입해 들어갔다.

자리에 앉은 지 한 10분쯤 지났을까, 아내는 무슨 일인가로 민박집 아주머니 전화를 받고는 자리를 뜨고 나만 덩그러니 남아 있었다. 그 한적한 시간, 한적한 공기 때문이었을까? 나는 테이블 건너 두 남자가 마주 앉아 열띤 토론을 벌이고 있는 이야기를 본의 아니게 엿듣게 되었다.

간간이 들려오는 내용을 종합해 보니 그것은 사형 제도에 대한 논쟁이었다. 요컨대 사형 제도 유지가 옳으냐, 폐지가 옳으냐, 그것이었다.

나는 화장실을 다녀오면서 아주 자연스럽게 그들과 합석

을 했고 그들 이야기에 끼어들어 논쟁에 불을 지피는 역할을 했다. 그 바람에 나는 그날 하룻밤 더 민박집 신세를 지고 말았던 것이다.

훤칠한 키에 목소리까지 걸걸한 박(등장인물 모두 성씨만 적기로 한다).

그는 인간 본성은 원래 착하다는 신념을 갖고 있었다. 말하자면 맹자의 성선설에 바탕을 둔 듯한 주장이었다. 살인자라고 해도 그 본성은 착하며, 살인 행위는 나쁜 환경이 만들어낸 것일 뿐 처음부터 악해서 살인자가 된 것은 아니다. 여기에 오판의 가능성까지 있는 사형 제도는 폐지해야 마땅하다는 주장을 그는 펴고 있었다.

박은 「광염 소나타」에서 백성수의 범죄를 끝까지 옹호한 음악평론가 K씨와 흡사했다. 다른 점이라면 K씨는 천재성을 옹호한 반면, 박은 인간의 선한 본성을 옹호하고 있다는 점일 것이다.

그런데 그의 친구 최는 「광염 소나타」의 사회 교화자와 비슷한 사람이었다. 인간 본성을 선한 것으로 보는 것은 하나의 허상일 뿐 실상은 그렇지 않다는 것이다. 그렇다면 법이 정한 대로 다스리는 것이 마땅하다는 주장을 펴고 있었다. 그의 주장은 행위의 결과에 따라 처벌하는 것은 당연하며 사형 또한 마찬가지라는 말로 요약되었다.

사형 제도가 옳으냐, 그르냐는 법조계나 학자들 간에도 자주 벌이는 논쟁이거니와 이런 류의 논전이 대개 그러하듯 쉽사리 결론이 날 일이 아니었다.

나는 심심파적 삼아 자못 흥미롭게 그들의 주장을 경청하면서 간혹 장단을 맞추어 주기도 했다.

내가 끼어든 것은 그들이 조금 숨을 고르고 있을 때였다.

"듣고 보니 박 선생은 맹자의 성선설에, 최 선생은 순자의 성악설에 가까운 것 같습니다."

내 말에 박은 머리를 끄덕였고, 최는 약간 경직된 얼굴이 되었다. 기분이 좋지 않다는 기색이 역력했다.

"내 주장이 성악설이라고요? 난 그렇게 생각하지 않습니다."

그러면서 최는 인간의 본성이 이상적으로는 선하다는 것을 부인하지 않는다고 힘주어 말했다. 다만 그 선이란 것이 항상 유동적이어서 언제 어느 순간 악한 얼굴로 돌변할지 모르며, 그 돌변한 행위에 대해서는 마땅히 응분의 벌을 받아야 한다는 말로 자신의 주장을 보강했다. 이것은 사회 질서를 유지하기 위한 어쩔 수 없는 선택이요 희생이라는 것이었다.

　최의 너무도 강한 저항에 나는 괜한 말을 했나 싶어 머쓱해 있는데 박이 갑자기
　"자네 주장은 성선설도 아니고 성악설도 아니고……. 그러니까 중간설일세."
하고는 나를 바라보며 웃음을 터뜨렸다. 박의 말에 나도 웃고 최도 따라 웃었다. 그 바람에 다소 경직된 분위기는 금세 풀어졌다. 웃음이란 참으로 묘한 것이어서 순식간에 감정의 벽을 허물어 버렸다.
　그들은 다 식은 커피를 한 모금씩 마셨고 그 사이 아내는 카페 안에 들렀다가 이 좋은 분위기를 깨는 것이 안 되었던지 하루 더 묵자는 말만 남기고 다시 민박집으로 돌아갔다.
　나는 좀 더 흥미로운 이야기를 나누고 싶어 새로운 화제를 꺼내었다. 중간설이 나온 끝이라 내가 꺼낸 문제는 분위기에 썩 어울리는 그럴싸한 문제였다.
　"중간설의 입장에서 판단해 볼 문제가 하나 더 있습니다."
　박과 최는 그게 뭐냐고, 어린애 같은 호기심을 보였다. 사형 제도를 가지고 다시 왈가왈부하는 것보다는 다른 문제로 겨루어 보자는 심산이 작용한 것 같았다.
　"어떤 사람이 세상에서 가장 무서울까요?"
　내 말에 그들은 눈을 동그랗게 떴다.

"무서운 사람?"

그리고는 합창이라도 하듯 이렇게 중얼거리고 어이가 없는지 피식 웃음을 터뜨렸다. 뭐 그건 어린애한테나 낼 문제가 아니냐, 그것은 좀 치졸한 문제가 아니냐. 당시 '무서운 사람'은 나에게 가장 절실한 화두였지만 그들에게 있어 그런 물음은 어린애나 가질, 참으로 유치한 질문이었을 것이다.

유치한 질문이니 유치한 답변이 당연하다는 듯 도깨비, 물귀신, 몽달귀신, 좀비, 호랑이…… 등등 초등학생이 할 법한 답을 늘어놓았다.

"그런 것들은 무섭기는 하지만 사람은 아니잖아요?"

내 말에 그들은

"아, 그렇군요. 이건 사람이 아니군요."

나의 말뜻을 그제야 정확히 알았는지 머리를 크게 끄덕이고 나서 박이 말했다.

"살의를 품은 사람이 아닐까요?"

그러자 최는

"난 사기꾼이라고 봅니다."

살인은 순간적인 고통을 주는 반면 사기꾼이 주는 고통은 그보다 훨씬 가혹하다는 점을 이유로 들었다. 재산을 날리고 거리로 나앉은 식구들의 고통을 생각해 보라, 그것은 사람을 말려 죽이는 짓이다. 살인보다 몇 배 더 잔인하지 않느냐. 최는 이렇게 주장했다.

내가 두 사람 모두 일리 있는 의견이라고 말하자 박이 말했다.

"유 선생님이 생각하는 무서운 사람은 어떤 사람입니까?"

우리들 생각을 말했으니 이제 당신 차례다. 박과 최는 이런 눈으로 나의 입을 바라보았다. 문제를 낸 당신은 우리들이 예상치 못한 답을 갖고 있을 것이다. 살의를 품은 자도, 사기꾼도 무서운 사람인데 이보다 더한 무서운 사람, 당신이 생각하는 그 무서운 사람이란 대체 어떤 사람이냐?

내가 입을 열었다.

"두 분은 어떤 형태로든 의심을 받아본 적이 있습니까?"

말이 떨어지기 무섭게 박이 말했다.

"의심하는 사람이 가장 무섭다는 거지요?"

"그렇습니다. 의심하는 사람이 가장 무섭다고 생각합니다."

잠자코 있던 최가 덧붙였다.

"유 선생님은 의심을 받아본 적이 있는 모양이지요?"

"받아본 적이 있지요. 대학 다닐 때 자취하는 고향 친구와 며칠 동거한 일이 있습니다. 어느 날, 도둑이 들어 그 친구 라디오를 훔쳐 갔는데 나를 의심하더군요. 당시로선 고가인 트

랜지스터 라디오였습니다.”

“아, 그런 일이 있어서 의심하는 사람이 무섭다고 하셨군요. 그 심정 충분히 이해가 됩니다.”

박이 가볍게 한숨을 쉬며 말했다.

“정말 황당했지요. 흔히 하는 말로 속을 뒤집어 보일 수도 없고…….”

“대단히 미안한 말씀입니다만, 혹시 그 친구가 의심할 만한 어떤…….”

역시 최다운 세심한 추적이었다.

“그 친구가 학교에서 돌아오지 않은 시간에 내가 먼저 집에 들렀었지요. 열쇠가 잠겨 있어 난 그냥 밖으로 나왔습니다. 그 친구는 내가 다녀갔다는 사실 하나 때문에 날 의심했지요. 정말 그땐…….”

내 이야기를 듣고 있던 박이 갑자기 한 손을 들어 올리며 내 말을 제지했다. 내 이야기는 더 이상 들을 필요가 없다는 듯 이제 자신이 그 문제에 보충해도 될 시간이 되었다는 듯.

“의심하는 사람, 그것도 무섭지요. 무서운 사람입니다. 그러나 지금부터 제가 드리는 말씀을 듣고 어느 쪽이 더 무서운가 냉정히 판단해 보십시오.”

박은 자신의 절친한 친구 한과 있었던 이야기를 꺼내었다.

그가 전한 내용을 요약하면 이러했다.

박과 한은 초·중고등학교는 물론이고 전공은 달랐지만 대학까지 같은 대학에 다녔으며 같은 아파트 단지에서 살았다. 객관적인 조건이 이렇다고 해서 두터운 우정이 당연히 쌓인다는 보장은 없다. 그러나 그들은 객관적인 조건에 걸맞게 두터운 우정을 쌓으며 살았다. 이것은 박이 이야기를 꺼내기 전에 특히 강조한 점이었다.

나는 유난스럽게 우정을 강조하는 의도를 짐작할 수 없었다. 친구면 친구였지 저렇게까지 우정을 강조할 필요가 어디 있담. 그런데 그의 이야기를 들으면서 나는 비로소 그가 그토록 우정을 강조한 이유를 알 수 있었다.

아무튼 박은 영문학과에 한은 경제학과에 진학하게 되었다. 고등학교 때처럼 항상 붙어 다닐 수는 없었어도 그래도 시간이 나면 도서관에서도 만나고 식당에서도 만나면서 우정을 이어나갔다.

"그런데 말입니다. 이 친구에게 여자 친구 하나가 생겼어요. 그때가 2학년 겨울 방학이 얼마 남지 않은 기말고사를 보름쯤 앞둔 때였을 거예요. 가정과 학생이었는데 얼굴도 참하고 성격도 무난하고……. 내가 보기에도 괜찮은 아이였어요. 그 친구는 졸업하는 대로 결혼할 생각이라고, 자기 속내를 내

게 털어놓기까지 했습니다. 나는 잘 생각했다고, 내가 보기에
도 좋은 아이라고 적극 지지를 해 주었지요."

"그래서요?"

대체 무슨 말을 하려는 것일까? 그런데 이어지는 박의 다
음 얘기는 너무도 충격적인 것이었다.

인문대학 건물에 가정과가 있어서 박은 한의 여자 친구와
가끔 강의실을 향해 걷는 경우가 있었다고 한다. 자연스럽게
이야기를 나누었고 소리 내어 웃는 일도 더러 있었다. 이 모
습만을 보면 다정한 커플로 보일 만도 했다. 그러나 겉모습이
그랬을 뿐 실상 박에겐 털끝만한 불미스런 의도는 없었다. 그
저 같은 건물이라 나란히 걷는 때가 있었고 모르는 사이가 아
니라서 이야기를 나눌 수밖에 없었으며 어느 때는 우스운 이
야기여서 웃었을 뿐이었다. 여자가 명랑하여 웃기는 소리를
가끔 했기 때문에 벌어지는 그야말로 단발성 장면이 연출되
었다.

그런데 그것이 화근이었다.

어느 날, 여느 때처럼 둘은 인문대학 건물을 향해 걷고 있
었다. 무슨 이야기 끝이었다. 여자의 말에 박은 웃었고 박이
거기에 몇 마디 거들자 여자는 더욱 크게 웃으면서 여자들이
그럴 때 흔히 그러는 것처럼 박의 어깨를 두어 번 두드렸다는

것이다.

그저 그것뿐이었다. 강의 시간에 맞추어 그들은 각자 강의 실로 찾아들었고 더 이상 아무런 일도 없었다.

"한이 그 장면을 목격했다는 것을 나는 나중에야 알았지요."

"그런데요?"

나는 약간 불안을 느끼면서 물었다. 이럴 때 그 끝이 좋지 않다는 것을 나는 본능적으로 예감하고 있었다.

"의심을 하더군요. 나는 애써 해명을 했는데 친구는 믿지 않았어요. 내 해명이 그의 의심에 더 불을 지피는 것 같기도 했어요. 나로서는 해명을 하지 않을 수가 없었지만."

"의심을 했다면 언젠가는 진실이 드러나지 않을까요? 나의 경우에도 세월이 흐른 다음 나를 도둑으로 의심하던 그 친구로부터 미안하다는 사과를 받았으니까요."

내 말에 박은

"나도 그렇게 될 줄로 알았지요. 그런데 그게 아니었어요."

겨울방학이 시작되면서 그 일은 유야무야 끝난 것으로 박은 알고 있었다고 했다. 그런데 그 긴 겨울방학 동안 한은 한 번도 박에게 연락하지 않았다. 박이 연락을 하면 한은 핑계를 대면서 피하기를 계속했다.

　3월 개학을 한 다음에도 마찬가지였다. 어쩌다 도서관이나 식당에서 얼굴을 마주치기라도 하면 한은 서둘러 자리를 피했고 먼발치에서 박을 발견하면 미리 다른 길로 돌아가는 것을 박은 여러 번 목격했다.

　한과 여자 친구 사이에 무슨 일이 있었는지 박은 짐작조차 할 수 없었다. 가끔 한의 여자 친구를 마주치는 일이 있었다. 그러나 여자도 예전 같지 않아 박을 보면 미리 피해 버렸고 그런 일을 몇 번 겪고 난 다음에는 박도 마찬가지가 되었다.

　"얼굴 대하기가 괴로운 한 학기가 지났어요. 그리고 3학년 여름방학이 되었지요."

　여기서 박은 깊은 한숨을 내쉬었다.

　드디어 올 것이 왔구나, 나는 긴장이 되었다. 최는 이미 그 내막을 다 알고 있었는지 그저 찻잔만 내려다보고 있었다.

　"여름방학이 끝나고 개학을 며칠 앞둔 어느 날, 저는……."

　"……?"

　"그 친구가……. 그 친구가 자살했다는 소식을 들었어요."

　그것은 나의 예상을 완전히 배반한 결론이었다. 자살이라니, 기껏 절교 선언 정도를 예상하고 있었는데 자살이라니, 너무 충격적인 결말이 아닐 수 없었다.

　그때 최가 갑자기 너털웃음을 터뜨리며 말했다.

“이 친구야, 다 지나간 이야기를 갖고 뭘 그래. 대학교 때니까 벌써 20년 전 이야기가 아닌가…….”

박은 그렇다는 뜻으로 최에게 손을 들어 보이고는 나에게 말했다.

“유 선생님, 그래서 내 결론은 의심하는 것보다 더 무서운 사람은…….”

“오해를 품은 사람이다, 이거지요.”

“유 선생님은 무섭지 않습니까? 살의는 금방 결과가 드러나고 그것으로 끝장이 납니다. 유 선생님도 경험한 것처럼 의심도 언젠가는 진실이 드러나게 마련이지요. 그런데 오해는 다릅니다. 의심은 긴가민가하는 상태라서 해소할 길이 아직은 남아 있어요. 오해의 단계에 들어서면 풀 길은 아예 차단되고 맙니다. 오해한 사람은 오해한 내용을 진실이라고 굳게 믿기 때문입니다. 오해를 해소하기란 불가능하다고 해도 과언이 아닙니다.”

“그래도 언젠가는…….”

“아닙니다. 대화가 단절되었을 때는 자살이 유일한 해결 방법인지도 모르지요. 저의 경우에는 엉뚱하게도 그 친구가 자살을 택했어요. 무엇을 증명하고자 그랬는지 저는 아직도 그 이유를 알지 못하고 있습니다. 아무튼 오해하는 사람이나 오해받는 사람은 자살이라는 극단적인 방법으로 자신의 괴로움이나 결백을 증명하곤 합니다. 연예인들 중에 자살로 결백을 증명하는 경우가 종종 있지 않습니까? 연예인만이 아니라 일반인들도 마찬가지입니다. 정말 무서운 것은 오해입니다. 오해는 양쪽에서 피해자가 발생하고 양쪽 모두 극단적인 행동을 취할 수가 있습니다. 나는 오해처럼 무서운 것은 세상에 없다고 생각합니다."

나는 박의 말에 전적으로 동의했다.

박과 최, 그리고 나는 산그늘이 절반쯤 드리워진 강물을 바라보며 말없이 한동안 앉아 있었다.

민박집으로 돌아온 나는 쉽게 잠을 이룰 수가 없었다.

생각해 보니 나 역시 오해의 피해자였다. 많은 사람들이 나를 오해했고 나는 또 많은 사람들을 오해했다. 나의 선의를 오해하여 악의로 받아들였다는 것을 나중에야 알았을 때 나는 얼마나 괴로웠던가.

오해로 말미암아 받은 상처, 그리고 남에게 준 상처. 그 깊은 상처는 치유되기 어렵다. '오해를 품은 사람'이 가장 무섭다는 박의 주장은 옳았다. 의심하는 사람보다 오해하는 사람이 더 무섭다는 박의 주장은 틀린 말이 아니었다.

일반적인 관계가 아닌 특수한 관계에서 발생한 오해는 더 무섭다. 임금의 오해는 신하의 죽음을 불러오고 상사의 오해는 부하 직원의 앞길을 가로막는다.

이것은 그날 민박집으로 돌아와 몸을 뒤척이면서 새삼스럽게 깨달은 교훈이었다. 만일 박과 한 사이에 그토록 돈독한 우정이 존재하지 않았다면 문제는 간단히 끝났을지 모른다. 우정이 두터웠던 만큼 그에 비례해서 한의 배신감은 더 컸을 것이고 그 큰 배신감이 그를 자살로 내몰았을 것이다.

오해하는 사람과 오해받는 사람 사이의 특별한 관계가 더 무서운 것은 이 때문이다. 절친한 친구의 오해, 가장 가까운 남편의 오해, 아내의 오해, 존경하는 이의 오해, 군자의 오해, 성인의 오해……. 이런 특수한 관계에서 빚어진 오해가 일반적인 관계에서 빚어진 오해보다 그 파장이 더 큰 것은 스스로를 향한 움직일 수 없는 확신과 그에 따른 배신감에 있을 것이다.

오해 없는 인간관계, 그것은 영원히 이룰 수 없는 신기루인지도 모르겠다.

요즘 나의 애송시 두 편

살다 보면 맑은 날보다 흐린 날이 더 많은 것 같다.

80 평생을 산다는 가정 하에 구름 한 점 없이 맑은 날을 계산해 보았더니 1년이 채 안 되더라는 말이 있다. 그러나 내 인생은 1년은커녕 한 달도 안 된다는 사람도 있을 것이다. 그만큼 우리 인생은 걱정, 근심에서 한시도 헤어나지를 못한다. 이승의 고통은 전생의 업보요 인생은 고해苦海라는 말이 이래서 생겨났을 것이고 자기가 짓지도 않은 죄를 물려받으며 태어났다는 원죄原罪라는 말도 이래서 생겨났을 것이다.

고등학교를 졸업할 때까지 나의 나날은 쾌청한 날씨의 연속이었다.

여름이면 꽁보리밥에 된장국이 고작이어서 쌀밥 한 번 실컷 먹는 것이 소원이던 시절이었다. 수업료를 제때 내지 못해 담임선생님 앞에서 늘 주눅이 들어 지내던 시절이기도 했다. 이런 시절이라면 행복이란 말을 입에 담기 겁끄럽지 않을까 여길 수도 있다. 하지만 나는 주저하지 않고 그 때가 가장 행복했던 시절이라고 말한다.

흉금을 털어놓을 수 있는 친구가 있었고, 6·25라는 엄청난 비극을 겪으면서도 전화戰禍는 우리 집안을 거의 온전히 피해 갔으니, 당시로선 이보다 더한 행복이 어디 있었겠는가.

산과 들, 물가를 쏘다니는 것만으로도 넘치는 행복이었다. 봄이면 아양산 자락으로 달려가 진달래꽃, 아카시아 꽃을 따먹고, 또 들판 한 구석에서 벌이던 보리 서리…….

마른 나무를 주워다가 불을 피우는 것이 보리 서리의 시작이었다. 불이 붙으면 노릇노릇 익어 가는 보리 목을 꺾어다 그 불에 올려놓는다. 그러면 보리 이삭은 시커멓게 탔다.

그것을 손바닥에 올려놓고 비벼서 검댕이는 입으로 불어 날린다. 그러면 손바닥에는 알맹이만 남았다. 그것을 입에 털어 넣고 우물우물 씹을 때의 그 고소한 맛이라니, 그것은 지금도 잊을 수 없는 추억의 맛이 되었다.

가을철이 되면 메뚜기를 잡아 볶아 먹었다. 그 고소한 맛 또한 잊을 수 없는 추억의 맛이 되었다.

이것이 학창시절의 내 생활이었다.

나의 쾌청한 날씨는 여기까지였다.

고등학교를 졸업하면서 나의 나날은 점차 흐린 날씨로 바뀌어 갔다. 대학에 진학하고 학년이 올라가면서는 아예 먹구름으로 변했다. 무모한 진학이 불러온 당연한 보복이었다.

세월이 흐르고 상황이 바뀌어도 세상은 역시 고해.

고백하거니와 번민은 때에 따라 옷을 갈아입고 찾아와 나를 공격했다. 20대에 그랬던 것처럼 30대에도 40대에도. 아픔을 주고 불면의 밤을 주었다. 아마도 이 불면의 밤은 살아 있는 동안 내내 계속되지 않을까 두렵기도 하다. 그러나 어찌 하랴. 그것이 나의 운명이요 인간의 운명이라면 대처해 나갈 수밖에.

사람마다 아픔에 대처하는 방법은 다르리라고 본다. 술과 담배를 방패로 삼는 이도 있고, 하는 일에 더욱 몰입함으로써 이겨내는 사람도 있고, 또 어떤 이는 여행이나 독서, 낚시 혹 은 골프로 이겨내는 사람도 있을 것이다.

　나는 예전부터 시 암송하기를 좋아했다. 그러나 그것이 아픔을 승화시키는 효과가 있다는 것은 모르고 있었다. 나중에야 나는 시 암송이 아픔을 승화시킨다는 것을 알게 되었다.

　마음이 아파 잠을 이루지 못할 때 배신감으로 가슴이 저려올 때 나는 시를 암송한다. 암송하다 보면 슬그머니 아픔의 정도가 누그러지고 조용히 평화가 찾아오는 것을 느끼게 된다.

　세상이라는 고해를 헤쳐 나가는 이보다 좋은 방법은 없지 않을까 싶어 여기 요즘 내가 즐겨 암송하는 시 두 편을 소개한다.

옛 사람의 그림 속으로
들어가고 싶은 때가 있다
배낭을 멘 채 시적시적
걸어 들어가고 싶은 때가 있다
주막집도 들어가 보고
색시들 수놓는 골방 문도 열어 보고
대장간에서 풀무질도 해 보고
그러다가 아예 나오는 길을
잃어버리면 어떨까
옛 사람의 그림 속에
갇혀 버리면 어떨까
문득 깨달을 때가 있다

내가 오늘의 그림 속에
갇혀 있다는 것을
나가는 길을 잃어버렸다는 것을
두드려도 발버둥 쳐도
문도 길도 찾을 수 없다는 것을
오늘의 그림에서 빠져나가고 싶을 때가 있다
배낭을 메고 밤차에 앉아
지구 밖으로 훌쩍
떨어져 나가고 싶을 때가 있다

— 신경림, 「그림」 전문

문외한이 읽더라도 이 시가 현실도피적인 시라는 것은 금세 알 수 있다. 현실도피적인 시라서 이 시가 싫다는 사람도 있을 것이다.

그러나 나는 이 시가 현실도피적이기 때문에 좋다. 이 각박한 현실을 잠시나마 잊을 수 있는 시간을 주기 때문에 좋은 것이다. 설령 그것이 일시적인 마취 현상에 지나지 않는다고 해도 좋은 것이다.

'옛사람의 그림 속으로 들어가고 싶은 때가 있다'는 것은 현실을 떠나고 싶은 마음의 표현이다. 이 시에 등장하는 '그림'이 단원 김홍도의 풍속화일 거라는 짐작은 쉽게 할 수 있다. '주막집, 대장간, 색시'와 같은 시어가 단원의 「주막」,

「대장간」과 같은 풍속화를 연상시킨다. 아마도 시인은 단원의 풍속화를 염두에 두고 이 시를 썼지 않았나 싶다.

밥을 푸는 주모 옆에서 그것을 지켜보는 어린 아이, 그리고 이제 막 밥을 다 먹은 젊은이와 방금 도착해 밥을 기다리고 있는 또 다른 젊은이의 해학적인 얼굴 표정…….「주막」이라는 풍속화가 우리에게 전해 주는 분위기는 평화롭기만 하다.

그 주막집으로 들어간다면 현실의 온갖 고통을 잊고 주모의 밥 푸는 모습을 보면서 웃음을 가득 머금을 수 있지 않을까? 풀무질을 하는 대장간에 들어가 오로지 쇠를 달구는 모습을 바라보는 아이처럼 오늘의 온갖 시름을 잊을 수도 있지 않을까? 행복이란 바로 이런 것, 그림 속으로 들어갔다가 나오는 길을 잃어버린다 한들 무슨 상관이 있으랴.

주막과 대장간이 평화로운 공간이라면 오늘이라는 공간은 고통의 공간이다. 고통의 공간에서 벗어나고 싶은 것은 인간의 본능이라고 할 수 있다. 그래서 시인은 노래한다. ‘두드려도 발버둥 쳐도 문도 길도 찾을 수 없는’ 오늘이라는 그림에서 빠져나와 지구 밖으로 훌쩍 떠나고 싶다고.

이 시를 읽으면 나도 시인처럼 옛 사람의 그림 속으로 들어가고 싶어진다. 색시들이 수놓고 있는 골방 문도 열어 보고 대장간에 들어가 풀무질도 해 보고 싶은 심정이 된다. 이런 상상을 하고 있노라면 어느새 나는 현실의 고통을 잊고 마음에는 고요한 평화가 찾아온다.

그래도 아픔이 가시지 않을 때 나는 다음 시를 암송하면서 한 번 더 마음을 다독인다. 원망도 미움도 괴로움도 아픔도 모두 묻어 버리자고, 단념하자고, 잊어버리자고, 훌훌 떨어버리자고…….

달무리 뜨는
달무리 뜨는
외줄기 길을
홀로 가노라
나 홀로 가노라
  옛날에도 이런 밤엔
  홀로 갔노라

맘에 솟는 빈 달무리
둥둥 띄우며
나 홀로 가노라
울며 가노라
  옛날에도 이런 밤엔
  울며 갔노라

— 박목월, 「달무리」 전문

‘옛날에도 이런 밤엔 홀로 갔노라’는 정서와 ‘옛날에도 이런 밤엔 울며 갔노라’는 정서가 그대로 현실의 고통에서 체념을 넘어 달관의 경지에 이르게 한다. 괴로움이 깊어갈 때, 해결의 방안이 보이지 않고 앞이 캄캄할 때 「그림」보다는 「달무리」가 더 효과적이다. 이것은 물론 나 개인의 체험에 의존한 평가지만.

퇴영적인 작품이라고, 소극적인 자세라고 욕하지 마라. 도피적이라고 손가락질도 마라. 퇴영적이고 소극적이며 도피적인 정서가 절망에 빠진 너와 나를 지탱해 주는 힘이 되었다면 그것만으로 이 시는 충분히 아름답지 않은가.

문득 인간사, 세상사로 괴로움이 몰려올 때 나는 이 두 편의 시를 암송한다. 가만히 읊조리고 있노라면 마음이 가라앉고 평화가 스며든다. 조용히 그리고 천천히…….

인덕, 인복

인덕이 많은 사람이 있다. 그런가 하면 인덕이 없는 사람도 있다.

인덕은 한자로 '人德'이라 쓴다. 그 뜻에 맞추어 더 정확히 말하면 인복, 한자로는 '人福'이다. 국어사전에는 그 뜻을 '다른 사람의 도움을 많이 받는 복'이라고 풀이되어 있다. 이런 뜻이라면 인덕보다는 인복이 더 정확한 용어다.

이런저런 사정으로 우리는 다른 사람의 도움을 받기도 하고 주기도 한다. 주는 것도 즐거운 일이고 받는 것도 즐거운 일이다. 그래서 일찍이 '사회적 동물'이라는 말도 나왔을 것이다.

나는 인덕을 크게 둘로 나누어 생각한다. 경제적 인덕과
정신적 인덕이 바로 그것이다.

경제적 인덕이란 경제적 도움을 받는 인덕을 말한다.
내가 아는 한 지인은 부도를 내고 곤궁한 처지에 있었다.
IMF, 경제 위기 때였다.
이 어려움을 넘길 수 있게 물질적인 도움을 준 것은 고등
학교 때 친구였다. 3년여에 걸쳐 아무런 조건 없이 생활비를
대주었다. 친구의 도움으로 그는 위기를 무사히 넘겼고 이제
안정을 되찾았다.
이런 예는 우리 주변에서 흔히 찾아볼 수 있는 것은 아니
다. 경제적인 도움은 가까운 친척도 하기 어려운 법, 이자에
이자를 붙여 갚는다고 해도 선뜻 도움을 주는 사람을 만나
기는 어렵다. 액수가 많으니 어렵고 액수가 적으니 쉬운 것
도 아니다. 많고 적고 간에 경제적 도움을 받기는 어려운 것
이다.
그런데 나의 지인은 친구로부터 경제적으로 큰 도움을, 그
것도 아무런 조건 없이 받았다. 그는 참으로 인덕이 많은 사
람이었다.
정신적 인덕이란 비물질적인 도움을 받는 인덕을 말한다.

물질이나 금전적 도움이 아닌 도움, 그것을 나는 정신적 인덕이라고 부른다.

이런 뜻의 도움이라면 누구나 베풀 수 있고 또 누구나 한 번쯤 받았을 법하다. 이런 예는 우리 주변에서 흔히 보고 들을 수 있다. 누가 끌어 주어서 진급을 했고 누구의 도움으로 출세를 했다는 이야기는 술자리에서 많이 회자되는 화제이기도 하다.

부러울 만큼 인덕이 많은 고향 친구 하나를 나는 알고 있다. 그는 상사에게 아부하는 사람이 아니었다. 그럼에도 그는 발탁이 되어 가장 높은 직위까지 올라갔고 정년을 넘어 현재까지도 모든 사람이 부러워하는 자리를 유지하고 있다.

그렇게 된 것은 그의 뛰어난 능력 때문이었을까? 일단 능력이 뛰어나다고 해 두자. 그러나 그 비슷한 능력을 가진 사람은 주변에 수없이 많이 있었다. 그가 발탁이 될 당시 적어도 60여 명은 되었다. 그러니 그가 발탁된 것을 능력 하나로 돌릴 수는 없다고 생각된다.

그럼 무엇이 그를 그렇게 만들었을까? 보이지 않는 손, 능력보다 우선한 것, 그것을 나는 그의 인덕의 결과라고 말하고 싶다.

상사도 후배도 그를 도우려고 한다. 사람들은 그를 좋아하고 도움을 주려하고 무한한 신뢰를 보낸다. 상사의 눈에 비친 그는 둘도 없는 능력자요 믿음직한 동반자요, 어떤 일을 맡겨도 좋을 사람으로 비치는 걸 누가 막을 수 있겠는가.

그 친구를 아는 한 지인에게

"당신이 만일 운영자라면 그 친구를 발탁하겠는가?"

하고 질문을 한 적이 있다. 그 친구의 승승장구가 수수께끼처럼 신비롭게만 생각되어 재미 삼아 해 본 질문이었다. 그는 내 친구와는 그저 안면을 트고 지낼 뿐 특별한 관계로 엮인 사이가 아니었다. 그 친구에 대하여 아는 것은 전혀 없었던 것이다. 그런 관계라면 기껏해야 '그 친구에 대해 좀 더 알아본 다음 결정하겠다'는 반응 정도가 나와야 옳다. 그런데 놀랍게도 그는

"나라도 그렇게 하겠다."

는 것이었다.

이 말을 듣고 나는 비명에 가까운 감탄, 아니 터져 나오는 경탄을 금할 길이 없었다. 나는 휘둥그레진 눈으로 '그렇지요? 그 친구 어쩐지 신뢰가 가지요?' 했더니 나의 지인은 '그렇다'고 맞장구를 쳤다.

이것이 바로 정신적 인덕의 진면목인 것이다.

나는 진정한 의미의 인덕이란 경제적 인덕이 아니라 정신

적인 인덕이라고 생각한다. 그렇다면 그 고향 친구야말로 진정한 인덕, 하늘이 내린 인덕의 소유자라 부르고 싶다.

인덕이 없는 사람은 주변 사람이 먼저 그를 인정하려 들지 않는다. 손해를 끼친 적도 뒤에서 음해를 한 적도 없건만 도무지 그를 신뢰하지 않고 능력 또한 인정하려 들지 않는다. 좋은 성과를 내더라도 그것은 그의 능력의 결과가 아니요 어쩌다 운이 좋았을 뿐이라고 하면서 성과를 깎아 내리는 데에 열을 올린다. 그리고는 그를 무시하고 관심 밖으로 밀어낸다.

반면 인덕이 많은 사람, 인복이 많은 사람은 먼저 주변 사람들이 그를 인정한다. 단점보다는 장점을 보려 하고, 장점을 강조하다 보면 단점은 장점 속에 묻히고 그는 찬란한 보석처럼 빛을 낸다.

이리하여 똑같은 상황 아래에서도 인덕이 있는 사람과 없는 사람은 그 운명이 확연히 갈린다. 가령 여기 A와 B라는 사람이 있다고 하자. 그리고 A가 B보다 훨씬 뛰어난 능력을 가졌다고 하자.

어느 날, 한 상황이 연출된다. 회식을 끝내고 흥에 겨운 상사는 노래방에 가자는 제의를 한다. 상사의 제의에 A와 B는 한 목소리로

"노래를 못합니다. 더구나 밤이 깊었으니 이만 끝내지요."

하고 말한다. 똑같은 상황에서 한 똑같은 말이었다.

그런데 상사의 귀에는 이들의 말이 똑같게 들리지 않는다.

능력은 뛰어난데 불행하게도 인덕이 없는 A의 말에는

'상사가 가자는데 감히 못 간다고?'

'모범적인 가장이라고 위세를 떠는 거지? 가증스런 놈.'

이렇게 중얼거리며 얼굴을 찌푸리고, 비록 능력은 부족해도 인덕이 많은 B의 말에는

"노래 잘하면 가수지. 못하는 게 더 매력이야."

"이 친구 정말 모범적인 가장이란 말이야. 내가 사모님께 직접 전화할 테니 염려하지 말고 오늘 하루만 늦게 들어가라고."

이렇게 B를 끝없이 칭찬한다.

이리하여 A와 B의 운명은 하늘땅처럼 크게 갈리는 것이다. B는 승승장구의 길로, A는 쇠락의 길로……. 날마다 술을 사고 점심을 사고 용돈을 상사에게 바쳤다고 해서 A가 B의 자리로 옮겨지지는 않는다. 참으로 피눈물 나는 노력을 해야 겨우 B의 근처에 갈까 말까 그 정도다.

여자는 자기를 사랑해 주는 사람을 위해 목숨을 바치고, '남자는 자기를 알아주는 사람을 위해 목숨을 바친다'는 에피

그램은 인복 없는 사람이 부르짖는 통한의 절규이다. 얼마나 알아주는 사람이 없었으면 나를 알아주는 사람에게 목숨을 바치겠다고 했겠는가. 그것은 인복 없는 사람이 부르짖는 피맺힌 절규인 것이다.

인덕이란 진실로 이런 것이다. 정신적 도움이야말로 진정한 인덕, 누구나 바라는 인덕이다.

사람들은 누구나 인덕이 있기를 바란다. 그러나 세상은 뜻대로 되지 않는 법, 우리 주변에는 인덕 있는 사람보다 인덕 없는 사람들이 더 많다. 경제적 도움의 인덕은 말할 것 없고 정신적 도움의 인덕도 그렇다. 술집이 호황을 누리는 것은 인덕 없는 사람들이 모여 한탄하는 장소로 술집만큼 좋은 장소가 없기 때문이라고 누군가 주장한다면 그것을 잘못된 억지라고 비난할 수만은 없을 것이다.

그러나 남을 원망하고 푸념을 늘어놓는다고 해서 없던 인덕이 갑자기 생기는 것은 아니다. 날마다 술집에 모여 탄식한다고 해결될 일도 아니다. 차라리 내가 먼저 남에게 베푸는 덕을 쌓고 쌓아 후세의 인덕을 기약하는 것이 훨씬 더 현명한 처사일 것이다.

순진해도 벌받는다

중학교 3학년 때 있었던 한 장면을 나는 지금도 잊을 수가 없다.

고등학교 입학 원서를 작성하던 무렵이었다. 학생들이 원서를 가지고 가면 담임선생님이 그 자리에서 몸소 원서를 작성해 주던 시절이었다. 그때에는 진학하는 학생이 적어서 그랬던지, 제도가 그랬던지는 확실히 모르겠으나 아무튼 당시에는 그렇게 원서를 작성했고 그것을 당연한 것으로 여겼다.

어느 날, 나도 원서 한 장을 사 들고 교무실로 찾아갔다. 본적과 주소, 성명, 생년월일 등 기본적인 사항을 하나하나 적어가던 선생님이 원서의 어느 부분에 이르러 펜을 멈추고 물었다.

"친한 친구 두 명만 말해 봐."

입학원서에 친구 이름을 적는 난이 있었던 모양이었다.

사전 준비가 없었던 나는 담임선생님의 질문에 순간적으로 당황하지 않을 수 없었다. 친구라니? 입학원서에 웬 친구? 그러면서 갑자기 머릿속이 하얗게 변하는 듯한 느낌이 들었다. 내 상식과 배치된다고 느꼈을 때 나의 머릿속은 잠시 하얀 백지 상태가 된다. 나이가 든 지금도 그 모양인데 그때는 하얗다 못해 새하얗게 변했다고 해야 옳을 것이다.

정신을 차리고 보니 친구의 이름을 대는 일이었다. 친구를 대라는데 못할 것은 없었다. 주저할 것도 없이 먼저 떠오르는 이름이 있었다. 그런데 또 한 친구는? 먼저 떠오른 친구는 내가 그의 이름을 말했다고 해도 전혀 문제가 될 것 같지 않았는데 다른 친구의 이름을 대려면 어쩐지 그의 허락을 먼저 받아야 할 것 같아 나는 잠시 망설이고 있었다.

먼저 떠오른 친구 이름도 선뜻 입에 올리지 못하기는 마찬가지였다. 그는 힘깨나 쓰는 축에 든 데다 성적도 그다지 좋은 편은 아니었다. 담임선생님이 그를 좋게 평가하지 않으리라는 느낌이 머릿속을 훑고 지나갔다. 이런 느낌과 동시에 그런데 그는 나와 아주 친한 사인데 어떻게 하느냐? 친한 친구를 놔두고 다른 친구, 공부깨나 하는 모범적인 학생, 담임선생님의 입맛에 맞는 친구를 댈 수는 없지 않느냐? 이런 생각이 동시에 일었다.

친구의 이름을 대라는 명령을 듣고 나서 이 여러 생각이 불과 3, 4초 사이에 내 머리를 누비고 지나갔다. 이제 어쨌든지 입을 열어야 할 차례였다. 나는 눈을 질끈 감고 먼저 떠오른 친구의 이름을 댔다.

그 친구의 이름이 내 입에서 떨어지기 무섭게 조용조용 말씀하시던 선생님의 음성이 갑자기 고성으로 돌변했다.

"무엇이 어쩌고 어째? 기껏 그런 놈하고 친구야?"

창을 등지고 원서를 작성하시던 선생님이 나를 돌아보며 내지른 일갈이었다. 어이가 없다는 듯 약간 앞으로 돌출한 하얀 앞니를 드러내고 헛웃음을 치기까지 했다. 그리고 자조 섞인 말이 이어졌다. 어디 친구가 없어 그런 놈과 친구를 하느냐. 그런 놈한테 배울 게 뭐가 있느냐. 그래 좋다. 네 소원대로 그 녀석을 적을 테니, 한 사람만 더 말해라.

이미 기가 죽을 대로 죽은 내 입에서 다른 친구의 이름을 댈 수 없었음은 불문가지, 내가 아무 말도 못하고 머리만 숙이고 있자 몇 번 더 다그치던 선생님은 임의로 한 친구의 이름을 적어 넣는 눈치였다.

나는 지금도 선생님이 어떤 친구의 이름을 적어 넣었는지 모른다. 원서는 내가 직접 제출했지만, 봉한 자리에 '인비ㅅ 秘'라는 주먹만한 붉은 도장이 찍혀 있어 감히 열어 볼 엄두가 나지 않았다. 짐작컨대 반에서 가장 모범적인 어떤 친구의 이름을 적어 넣었지 않았나 싶다.

당시를 생각하면 지금도 나는 나의 어리석음을 탓한다. 아니 융통성 없음을 자책한다. 그런 경우, 친하냐 친하지 않느냐를 떠나 선생님의 입맛에 맞는 친구를 대는 것이 영리한 행동이었을 테니 말이다. 더구나 나는 내 입맛에 맞는 친구의 이름을 대면 선생님이 어떤 반응을 보일지 어느 정도 예감을 했는데도 그 친구 이름을 대고 말았다. 얼마나 어리석고 바보스런 짓인가. 영리하게 처신을 했더라면 나는 그런 수모를 당하지 않았을 것이다.

며칠 후 그 친구를 만났을 때 나는 일의 자초지종을 말해주었다. 담임선생님의 무서운 적개심을 주의하라는 뜻에서 한 말이었다. 아니다. 그것은 나의 터무니없는 결백, 자발없는 짓, 속에 담아 두지 못하는 못된 성격 때문이었다고 하는 것이 더 옳을지도 모르겠다. 아무튼 나는 이야기를 했고 내 이야기가 끝났을 때 친구는 먼저 쓴웃음을 지었고 이어서 던진 한마디는 이러했다.

"난 알고 싶지도 않은데 왜 그런 말을 굳이 해 주는 거지?"

또 한 번 뒤통수를 맞는 꼴이었다.

나는 아무 말도 하지 못했다. 왠지 모를 부끄러움에 얼굴을 들 수가 없었다.

알고 있는 모든 것, 있는 사실 모두를 입에 올린다는 것은 바보짓이나 다름없다. 한순간은 그것이 순진하고 정직한 행동으로 비칠지 모른다. 그러나 그로 말미암아 마음의 상처를 받을 수 있다는 것을 나는 이미 중학교 3학년 때 체험했다. 그럼에도 나는 그 후 또 한 번 이런 치명적인 실수를 범하고 말았다.

지난 일을 되짚어 보면 진심을 털어놓아서 그 결과가 좋았던 적은 별로 없었던 것 같다. 오히려 손해를 보았고 속이 상했고 체면이 구겨졌다. 동기가 옳고 궁극적으로는 상대방에 대한 아름다운 배려에서 나왔다고 해도 상대방은 악의에서 나온 것이나 조금도 다름없이 인식한다는 것을 나는 체험으로 배웠다.

속에 있는 것을 모두 털어놓는 것은 그야말로 순진한 행동

이다. 그러나 이 순진한 행동은 어린 아이 때나 아름다운 것
이지 언제나 아름다운 것은 아니다. 성인의 순진함은 아름답
기는커녕 사악한 것이 되고 만다. 그 결과는 벌 받는 것이고
무서운 복수의 대상으로 전락하는 것이다. 평범한 사람은 말
할 것 없고 성인군자 앞이라 할지라도 나의 순진함이 상대방
의 적개심을 불러일으킬 수 있다는 것은 절대로 잊어서는 안
되는 불변의 진리다.

목숨을 건 호기심

아침 신문 외신란 기사 한 토막이 눈에 띄었다.

호기심을 충족시키려다 열차에 치어 죽은 사람 이야기였다. 달리는 열차에 얼마나 가까이 머리를 댈 수 있을까? 다른 사람이 들으면 참으로 어이없는 호기심에 이 사람은 사로잡혀 있었다. 1센티미터냐 0.5센티미터냐. 생각만으로 만족하지 못한 이 사람은 자기가 직접 실험을 하기로 마음먹었다.

처음에는 아마 1미터 정도 떨어진 데에서 시작했을 것이다. 아무렇지도 않자 그 거리를 좁혀 갔다. 차츰 거리가 가까워지고 드디어 1센티미터, 0.5센티미터……. 그러나 어느 정도 거리에서 사고가 났는지는 알 수 없다.

사고와 안전의 거리를 측량한다는 것 자체가 무모한 짓이니 이 실험이 결국 참사로 끝날 것은 이미 예정된 것이나 다름없었다. 그런데도 그런 짓을 한 것을 보면 '호기심'은 목숨을 걸 만큼 강렬한 것이라는 생각이 든다.

언젠가는 호랑이 목에 화환을 걸어 주려다 물려 죽은 사람 이야기가 보도된 적도 있다. 아마도 그는 호랑이 목에 화환을 걸어 주면 좋아하지 않을까 싶어서 그런 짓을 했을 것이다. 그리고 자신의 눈으로 확인도 해 보고 싶어 직접 걸어 주었을 것이다.

달리는 열차에 머리를 들이민 사람이나 호랑이 목에 화환을 걸어 준 사람이나 그 죽음은 피장파장이다. 호기심, 그것 때문에 죽은 사람들이니 호기심이 원수라면 원수일 것이다. 일본의 사이토 시게타라는 정신과 의사는 인생은 '호기심에서 시작하여 호기심으로 끝난다'고 했고 '평생 동안 행복을 느낄 수 있는 마음가짐은 호기심'이라고도 했다. 이들은 사이토 시게타 박사의 말대로 살다가 간 모범적인 예, 가장 행복한 사람의 예가 된 셈이다.

나 또한 호기심에 빠져 지내던 시절이 있었다. 아니, 지금도 그 매력에 빠져 있다.

나는 이야기에 대한 호기심이 강했다. 동화책이나 만화책에 나오는 이야기는 초등학교 시절 누구나 경험하는 호기심의 대상이긴 하나 대개 그 시절에 국한된다. 그런데 나의 경우 그것은 그 시절에 국한되지 않고 지속적으로 이어졌다. 유년기, 소년기, 청년기를 지날 때까지, 아니 지금도.

내가 영화 이야기에 푹 빠진 것은 중·고등학교 시절이었다. 그런데 처음 영화를 접한 것은 초등학교 6학년 때가 아니었나 싶다.

저녁 식사를 마친 아버지께서 별안간 영화 구경을 가자고 말씀하셨다. 내 생애 최초의 영화 구경은 이렇게 해서 이루어졌다.

그날의 아버지는 평소 무뚝뚝하기만 했던 그런 아버지가 아니셨다. 아버지의 제안을 내가 기적 같은 사건으로 지금까지 기억하고 있는 것은 이 때문이다. 왜 갑자기 아버지는 그런 제안을 하셨을까?

내내 아버지와 나눈 대화라는 것은 일상적인 범주를 벗어나지 못한 것들이었다. 담배를 사오라고 하실 때 나눈 몇 마디, 막걸리를 받아 올 때 몇 마디, 아니면 큰아버님 댁에 심부름을 갈 때 주고받은 몇 마디 그런 사소한 것들이 고작이었다. 그것은 대화라기보다는 아버지의 명령이었고 확인에 지나지 않은 것이었다. 그러니 대화다운 대화는 거의 없었다고 해도 과언이 아니었다. 그런 아버지께서 느닷없이 영화 구경을 시켜 주시겠다니, 참으로 놀라운 일이 아닐 수 없었다.

아무튼 설레는 가슴을 안고 나는 아버지를 따라 영화관으로 향했다. 읍내에는 영화관이 하나 있었다. 영화든 연극이든 하루에 한 번 저녁에만 상영하고 공연하는 극장이었다. 식사를 마친 아버지는 까만 외투를 입으시고 앞장을 서셨다. 사방에 초저녁 어둠이 내리기 시작한 무렵이었다.

그날 관람한 영화가 춘향전이었다. 춘향 역에는 조미령, 이몽룡 역에는 이민이었다. 물론 이것은 나중에 안 일이었다. 선행 학습이라는 단어조차 없던 시절이었으니 춘향이도 이 도령도 그때가 처음이었다.

지금도 잊히지 않는 한 장면이 있다. 칼을 쓴 춘향이가 손을 뻗어 옥의 칸살 사이로 내민 이 도령의 손을 잡으려는 장면이었다. 춘향의 손끝과 이 도령의 손끝이 닿을락 말락……. 4, 5초 동안 허공에서 맴을 돌다가 끝내 실패하고 마는……. 그걸 보는 안타까움이라니, 나도 모르게 눈물이 핑 돌았다. 수십 년이 지난 지금도 나는 이 옥중 장면을 보면서 흘렸던 눈물을 기억하고 있다. 춘향전이 인상 깊은 영화 가운데 하나가 된 것은 옥

중이 장면 때문이었다.

그 감동 때문이었을까, 나는 그 후 영화가 주는 '이야기'의 매력에 푹 빠져 지냈다. 여건이 되는 대로 영화관을 찾았고 덩달아 소설이 주는 이야기의 매력에도 빠져들기 시작했다. 내가 본격적으로 소설을 읽기 시작한 것은 영화가 주는 이야기의 매력에 빠진 다음이었다.

그러나 당시 우리 고향에는 학교 도서관은 물론이고 공공 도서관 하나 없는 척박한 환경이었다. 서점에서 책을 구입해서 읽거나 아니면 남의 책을 빌려 읽을 수밖에 없었다. 어떤 친구가 책을 빌려 주겠다고 호의를 베풀면 그렇게 고마울 수가 없었다. 내가 학창 시절 읽은 문학 작품들은 대부분 이런 식으로 해서 읽은 것들이다.

소설 작품은 이런 식으로나마 갈증을 해소할 수 있었다. 하지만 영화는 문제가 달랐다. 누군가 입장료를 부담해 주어야 하는데 가난한 그 시절에 이런 호의는 대개의 경우 기대할 수도 상상할 수도 없는 일이었다(고등학교 시절 한 친구를 제외하고는).

새로운 포스터가 붙을 때마다 나는 아버지의 눈치를 살폈다. 구경을 가자고 하시지 않을까, 느닷없이 호의를 베풀지 않으실까, 하는 기대에서였다. 그러나 아버지의 호의는 한 번으로 끝이었다. 다시는 구경 비슷한 말도 입에 담지 않으셨다. 나는 호기심으로 몸이 달아올랐고 그것을 해결할 방법은 어디에도 없었다. 저녁이면 극장 앞을 서성이다가 돌아오는 것으로 만족할 수밖에 없었다.

그런데 그때 나는 나와 비슷한 아이들이 의외로 많다는 것을 알게 되었다. 그리고 입장료가 없어 극장 앞을 배회하는 아이들과 나는, 어느새 한 무리가 되어 있었다. 한 무리가 된 다음 나는 곧 그들의 기가 막힌 작전, 공짜 구경이 어떻게 이루어지는가를 알게 되었다. 그들이 택한 방법은 '개구멍'작전이었다.

대개 극장의 구조가 그렇듯이 고향의 그 극장 옆으로도 화장실이 있었는데 창문에는 유리가 하나도 없었다. 아이들은 이 허점을 이용했다. 직원의 감시를 피해 아이들은 조금의 틈만 보이면 창문을 통해 극장 진입을 시도했다. 이 작전은 거의 백전백승이었다. 어쩌다 덜미를 잡히는 아이들은 지극히 운이 나쁜 경우일 뿐 대부분은 성공했다.

나도 그들과 함께 극장 진입을 시도하는 무리가 되었다. 화장실 근처를 슬슬 배회하다가 감시가 느슨해졌다 싶으면 창문을 타고 넘었다. 이런 식의 영화 구경을 그때 아이들 용어로 '도둑 굿을 본다'고 표현했다. 도둑처럼 극장에 들어가 구경을 했다는 뜻이었다.

직원들은 배회하는 우리들을 향하여 학교에 연락하여 퇴학을 시키겠다고 엄포를 놓았다. 하지만 나도 아이들도 그것에는 조금도 겁을 먹지 않았다. 할 테면 하라. 말하자면 배짱이었다.

배짱이 통했던 것인지 아니면 슬쩍 눈감아 준 것인지, 그 시절 도둑 굿을 보다가 퇴학을 당했다는 이야기는 들어 본 적이 없다. 다시 그 시절로 돌아가 그런 엄포를 받는다고 해도 나는 또 도둑 굿을 시도할 것 같다. 주체할 수 없는 호기심을 해소하는 방법이 그것밖에 다른 방도가 없다면 어쩔 수 없는 일이 아니겠는가.

이치가 이럴진대 호랑이 목에 화환을 걸어 주려다 물려 죽은 사람이나 달리는 열차에 머리를 디밀다가 치어 죽은 사람을 비난만 할 일은 아니다. 억누를 수 없는 호기심은 인간의 DNA 가운데 하나일 테니까, 그리고 그로 인해 비극이 빚어지는 것이니까.

되풀이하거니와 인생은 '호기심으로 시작해서 호기심으로 끝난다'는 명제를 부인하기는 어려울 것 같다. 설령 그 끝이 절망이라 할지라도 사람들은 거기에 목숨을 건다.

지족 선사 뒤집기

수십 년을 두고 옳다고 생각한 것이 순식간에 무너지는 경우가 있다.

일전 한 친구와 점심을 하고 나서는데 그 친구가 뜻밖의 질문을 했다.

"지족 선사가 옳은가, 서화담이 옳은가?"

우리가 알고 있는 것처럼 지족 선사는 송도 가까운 천마산 지족암이라는 암자에서 십여 년을 수행한 조선 중종 무렵의 고승. 송도 사람들은 그를 가리켜 살아 있는 부처(생불)라고 부르면서 존경해 마지않았다. 이렇듯 고명한 지족 선사가 황진이의 아름다운 자태 앞에 무릎을 꿇고 파계하고 말았다는 이야기는 『조야휘언』 등 여러 문헌에 단편적으로 전해오고 있다.

화담 서경덕은 끝내 황진이의 유혹을 물리친 당대 최고의 유학자. 서화담의 유혹에 실패한 황진이는 그 후 서화담의 제자가 되고, 둘은 사제지간의 정을 두텁게 쌓았다고 전해지고 있다.

서화담이 지었다고 전하는 다음 시조에서 그들의 애틋한 교분을 짐작할 수 있다.

마음이 어린 후니 하는 일이 다 어리다
만중운산에 어느 님이 오리마는
지는 잎 부는 바람에 행여 건가 하노라.

국어 선생님들은 이 시조와 관련해 지족 선사와 서화담 이야기를 대충이나마 설명할 수밖에 없는데, 사춘기의 학생들은 열이면 아홉, 그들 이야기에 환호한다. 너무도 극적인 두 사건과 대조적인 대처 방식에 저절로 환호가 터지는 것이다. 그리고는 서화담의 높은 인격을 흠모하고, 지족 선사의 비인격에 분노한다(요즘 학생들이 어떤 반응을 보이는지는 모르겠다).

이때 형성된 가치는 평생 지속된다고 해도 과언이 아닐 것이다.

나 역시 그런 사람 가운데 하나였다. 지족 선사의 경지보다는 서화담의 경지가 훨씬 높다고, 그래서 존경의 대상은 당연히 서화담이라고, 지족 선사는 파계승에 지나지 않는다고.

그런데 이 친구가 갑자기 엉뚱한 질문, 답이 뻔한 질문을 한 것이다.

"지족 선사가 옳은가, 서화담이 옳은가?"

내가 당연히 서화담이 아니냐고 했더니 그 친구의 다음 말은 내 예상을 완전히 뒤엎는 것이었다.

"지족 선사가 옳아. 서화담이 어디 사람인가?"

그의 주장인즉 전라의 아름다운 여자가 유혹의 손길을 뻗치는데 돌부처라면 모르되 사람이 어떻게 그걸 물리칠 수 있겠느냐. 절대 그럴 수 없다는 것이다. 얼음처럼 차디찬 피가 흐르고, 눈물마저 메말라 모래 알갱이가 버석버석 쏟아지는 인간이라면 모르되 뜨거운 피가 흐르는 인간이라면 아름다운 유혹에 넘어가는 것이 오히려 자연스럽다는 것이다. 여자가 파계를 목적으로 접근했다고 해도 파계를 당하는 것이 아름답다. 그것이 사람이 아니겠느냐.

듣고 보니 그럴싸한 논리였다.

나의 반격이랬자 고등학교 시절에 정리한 바 있는, 그들은 수행자라는 것과 수행자에게는 그에 따른 덕목이 있다는 것, 덕목을 지키느냐 못 지키느냐는 그 사람을 판단하는 기준이 될 수밖에 없다는, 그 친구에게는 도무지 씨가 먹히지 않는 논리였다.

나의 반론에 대해 그는 한 발짝도 양보하지 않았음은 물론이다.

나도 그를 기어코 설복하고 말겠다는 마음은 없었다. 설복은커녕 나중에는 그의 주장에 어느 정도 동조를 하면서 일단락을 지었다.

입씨름은 몇 분 만에 끝났지만, 솔직히 말해서 나는 그 친구의 뒤집기에 놀라지 않을 수 없었다. 그는 누구 못지않게 보수적인 친구가 아니었던가. 그런 친구가 당연한 것으로 받아들이는 가치를 뒤집다니. 뒤집어 놓고 보니 그 친구의 생각이 전적으로 틀렸다고 말할 수도 없다니…….

지하철을 타고 돌아오는 내내 머릿속이 뒤숭숭했다. 지금까지 나의 삶은 생각의 뒤집기에 실패한 삶이었다. 한 번 옳다고 생각한 가치에 대해 한 번도 의문을 갖지 않은 것, 그것이 나를 어렵게 만들고 고통을 불러왔다.

절대적인 가치를 부여한 것일수록 모름지기 그것을 한 번 뒤집어 볼 줄 아는 지혜가 필요한 것 같다. 죽고 못 살아 결혼한 부부가 1년을 못 넘기고 이혼하는 경우가 많다고 한다. 이들이 결혼하기 전 단 한 번이라도 뒤집기를 해 보았다면 이혼이 따르는 비극적 결혼은 사전에 차단되지 않았을까.

일을 그르친 다음 뒤집어 본들 무슨 소용이 있으랴.

낙타의 눈물

마두금은 몽골의 전통 민속 악기다.

생긴 모양이나 연주하는 것이 우리 해금과 비슷하다. 다만 해금에 비해 몸집이 크고 현이 시작되는 위의 끝 부분에 말머리 모양의 장식을 하고 있어 말 馬와 머리 頭를 써서 마두금 馬頭琴이라 부른다.

마두금은 두 줄의 현을 활로 그어 소리를 내는 찰현악기擦絃樂器, 노래를 부르거나 춤을 출 때 빠지지 않는 악기라고 한다. 몽골 초원의 바람 소리 같기도 하고 야생마의 울음소리 같기도 한 그 음색은 듣는 사람의 마음을 애절한 정서로 몰고 간다. 사람만 아니라 동물의 마음까지 움직이는 힘을 가진 신비로운 악기가 바로 마두금이다.

언젠가 TV에서 본 내용은 이러하다.

드넓은 몽골의 사막 지대, 그 척박한 땅에서 어미 낙타는 새끼를 낳는다.

어미 배에서 이제 막 세상의 빛을 본 새끼 낙타는 실패를 거듭한 끝에 제 발로 일어서는 데 성공한다. 두 발로 일어선 새끼 낙타는 비틀비틀 젖을 찾아 어미 배 아래로 다가간다. 그런데 이게 웬일인가. 어미는 젖을 내주지 않고 피해 버리는 것이다.

이러기를 여러 차례, 사람들은 어미 낙타를 억지로 눕혀놓고 젖을 물리려 하는데 그것도 통하지 않는다. 젖을 물려고 하면 발버둥을 쳐서 새끼를 떼어버리는 것이었다. 이러다간 새끼 낙타가 굶어 죽을 판이었다.

낙타 주인은 최후의 방편으로 마을의 연장자를 찾아가 사정을 털어놓는다. 자초지종을 들은 연장자는 다음 날 아들과 함께 문제의 낙타가 있는 집으로 찾아온다. 그리고는 마두금을 연주한다. 반항을 하던 어미 낙타는 연주가 시작되자 차츰 온순해지더니 연장자가 다가가 머리를 쓰다듬고 간단한 노래를 불러주자 놀라운 일이 벌어진다. 그토록 사납게 버티던 낙타의 눈에서 갑자기 눈물이 주르르 흐른다. 마치 샘이라도 솟는 것처럼 그 큰 눈에서 눈물이 뚝뚝 떨어지는 것이다.

또 한 번의 기적은 그 다음에 일어난다. 한참을 울고 난 어미 낙타는 새끼가 다가오자 이게 웬일인가. 순순히 젖을 내주는 것이 아닌가. 둘러선 사람들의 입에는 미소가 번지고 그것으로 젖 물리기는 성공적으로 끝이 난다.

정말 경이로운 장면이 아닐 수 없었다. 낙타가 눈물을 흘린다는 사실도 그렇고 눈물을 흘린 다음 순순히 젖을 내주는 것도 그러했다. 마두금의 어떤 힘이 어미 낙타를 움직인 것일까? 이 현상은 어미 낙타의 세 단계 심정을 이해할 때 납득이 간다.

첫째는 어미 낙타의 한 맺힌 아픔이다.

어미 낙타는 너무 큰 산고를 겪었다. 그 아픔이 새끼 때문이라고 인식한 어미는 새끼를 적으로 간주한 것이다. 나를 그렇게 아프게 했으니 너에게 젖을 줄 수가 없다. 나는 못 준다. 이것이 젖 주기를 한사코 거부할 때의 어미 심정이었다.

둘째는 어미의 인식 전환이다.

마두금 소리는 새끼 낙타의 애절한 울음소리와 비슷하다. 마침내 어미는 그 소리를 새끼의 울음소리로 인식한다. 그리하여 애절하기 짝이 없는 마두금 소리가 어미 낙타의 모성애를 자극하기에 이른다.

셋째는 북받치는 슬픔이다.

너무도 큰 아픔을 뒤로하고 젖을 내주려니 슬픔이 북받친다. 용서를 하는 것, 새끼를 받아들이는 것, 그 자체가 슬픔이었다. 어린것이 저토록 애절하게 우는데 이제 젖을 물려야 하지 않겠느냐. 나의 아픔을 잊고 이제 젖을 물려야 하지 않겠느냐. 이렇게 마음을 돌려먹고 나니 자기도 모르게 하염없는 눈물이 솟는다.

이런 이유와 과정을 거쳐 어미 낙타는 눈물을 흘렸을 것으로 보인다. 몽골 사람들의 증언은 첫째 단계에 그치고 있다. 둘째와 셋째 단계는 내가 임의로 추리한 것인데 대체로 정답에 가까운 추리가 아닐까 생각된다.

동물이나 사람이나 아픔의 해소란 참으로 중요한 것이다.

그리고 아픔의 해소에 있어 주목할 것은 해소 과정이다. 새끼를 굶겨 죽일 수 없으니 젖을 먹여야 한다는 당위성, 타당한 논리만으로 어미 낙타의 아픔은 해소되지 않는다. 그 아픔을 어루만져 주는 정성스런 과정이 있을 때 아픔이 해소되고 마음도 돌아선다.

진도를 비롯한 남도 지방에서 널리 행해지고 있는 '씻김굿'을 '해원解寃굿'이라고도 하는 것은 망자의 한을 풀어주어 편히 저승길로 가게 한다는 의미를 갖고 있어 붙여진 이름이다. 짐승이나 사람이나 해원, 즉 원통함이나 억울함, 맺힌 한을 어루만져 풀어주지 않고는 아픔은 해소되지 않는다.

육체에 난 상처를 치료해야 하는 것처럼 마음에 난 상처도 치료해야 한다. 그런데 육체에 난 상처를 치료해야 한다는 것은 잘 알면서도 마음에 난 상처 역시 치료해야 한다는 것을 아는 사람은 별로 없는 것 같다.

그들은 마음의 상처이기 때문에 오히려 그 고통은 더 크고 무섭고 오래 간다는 것을 모르는 사람들이다.

비둘기(1)

비둘기는 문학 작품에 상징물로 종종 등장한다.

고려가요 「유구곡」에서 비둘기는 겁쟁이, 비열한 인물을 상징한다.

비둘기라는 새는
비둘기라는 새는
울음을 울지만
뻐꾸기야말로
나는 좋아
뻐꾸기야말로

　　나는 좋아

－「유구곡」 전문, 현대어로 옮김

　고려 16대 예종은 어진 임금이었다.

　「유구곡」은 예종이 지은 것으로 추정되고 있는 작품이다.

　그는 어떤 말이든 좋으니 임금인 자기에게 직접 간언하라고 명했다. 비난하는 내용도 좋다. 나를 비난했다고 그것을 가지고 처벌하지 않을 테니 마음 놓고 임금인 내 앞에서 나의 잘잘못에 대해 말을 하라.

　이 말을 듣고 모든 신하가 그렇게 한 것은 아니었다. 임금의 말대로 간언을 하는 사람이 있는가 하면 간언을 하지 않는 사람도 있었다.

　예종은 그것을 빗대어 「유구곡」을 지었다고 한다.

　뻐꾸기는 직접 간언을 하는 신하를 비유한 것이고, 비둘기는 학식이 높고 교양이 있으면서도 간언을 하지 않는 신하, 겁쟁이 신하를 비유한 것이다. 그래서 비둘기보다 뻐꾸기가 좋다는 표현에는 간언을 하지 않는 신하보다 간언을 하는 신하가 좋다는 뜻이 담겨 있다.

　비둘기의 울음은 임금 앞에서 옳은 말을 하지 못하고 뒤에 숨어서 하는 말을 비유한 것이고 뻐꾸기의 울음은 임금 앞에서 직접 옳고 그름을 말하는 것을 비유한다. 비둘기 울음은

161

저음이고 뻐꾸기 울음은 고음인 것에 착안한 뛰어난 비유라고 할 수 있다.

사실 비둘기의 '구구구구' 하는 울음소리는 가까이서는 들려도 멀리서는 잘 들리지 않는다. 뻐꾸기 울음소리는 온 산에 울려 퍼진다. 예종은 이런 두 새의 특징을 파악하고 이것을 간언을 하는 신하와 간언을 하지 않는 신하에 비유하였다.

「유구곡」은 예종의 탁월한 문학적 재능이 드러난 작품으로 저음을 내는 비둘기를 간특한 신하에 비유하여 부정적 이미지의 새로 이용하고 있다.

그러나 비둘기는 부정적인 이미지로만 쓰이고 있지는 않다. 오히려 좋은 이미지로 표현된 작품이 더 많다.

가장 흔한 것은 사랑의 상징이다.

> 단 한 사람
> 찾아주는 이 없은들 무슨 상관이 있으랴
> 낮에는 햇빛이
> 밤에는 달빛이
> 가난한 우리 들창을 비춰 줄 게다
> 순아 우리 단 둘이 살자
> 깊은 산 바위 틈
> 둥지 속의 산비둘기처럼

나는 너를 믿고
너는 나를 의지하며
순아 우리 단 둘이 살자

— 장만영, 「사랑」 부분

이 시에서 나와 순의 순수한 사랑을 비유하고 있는 것은 비둘기다.

'깊은 산 바위 틈/ 둥지 속의 산비둘기처럼/ 나는 너를 믿고 너는 나를 의지하며/ 순아 우리 단 둘이 살자' 하는 나와 너의 믿고 의지하는 관계는 '산비둘기처럼'이라는 직유법으로 표현되고 있다. 비둘기가 믿고 의지하는 것처럼 우리도 믿고 의지하며 살자는 것이다.

이 시에 나타난 나와 순의 사랑은 한없이 순수한 사랑이요, 이루지 못한 사랑이다. 그 애틋함은 우리 가슴을 저미게 한다. 순수하고 애틋한 사랑, 위의 시에서 비둘기는 이런 사랑을 비유하고 있다.

여기에 평화의 이미지까지 덧붙여 표현한 시도 있다.

성북동 산에 번지가 새로 생기면서
본래 살던 성북동 비둘기만이 번지가 없어졌다.
새벽부터 돌 깨는 산울림에 떨다가
가슴에 금이 갔다.

그래도 성북동 비둘기는
하느님의 광장 같은 새파란 아침 하늘에
성북동 주민에게 축복의 메시지나 전하듯
성북동 하늘을 한 바퀴 휘 돈다.

성북동 메마른 골짜기에는
조용히 앉아 콩알 하나 찍어 먹을
널찍한 마당은커녕 가는 데마다
채석장 포성이 메아리쳐서
피난하듯 지붕에 올라앉아
아침 구공탄 굴뚝 연기에서 향수를 느끼다가
산 1번지 채석장에 도로 가서
금방 따낸 돌 온기(溫氣)에 입을 닦는다.

예전에는 사람을 성자(聖者)처럼 보고
사람 가까이
사람과 같이 사랑하고
사람과 같이 평화를 즐기던
사랑과 평화의 새 비둘기는
이제 산도 잃고 사람도 잃고
사랑과 평화의 사상까지
낳지 못하는 쫓기는 새가 되었다.
– 김광섭, 「성북동 비둘기」 전문

이 시를 감상하기 위해서는 산업화, 도시화로 말미암은 자연 훼손, 그로 인한 각박해진 인심 등의 시대 상황을 먼저 이해해야 한다. 채석장의 돌 깨는 소리는 도시화를 상징하고 비둘기는 도시화로 고통을 받는 서민들을 상징한다.

비둘기는 사람을 성자처럼 우러러 보는 새이고, 사람과 함께 사랑을 나누고 평화를 좋아하는 새이다. 사람을 성자처럼 보았다는 것은 인도주의 정신을 나타낸다. 인도주의, 사랑, 평화, 서민……. 이런 것들을 상징하고 있는 새가 비둘기인 것이다.

그 어디를 보아도 비둘기는 나쁜 의미를 가진 새가 아니다. 사랑과 평화를 상징하는 아름다운 새이다.

비둘기는 성경에도 등장하고 있다.

저녁때에 비둘기가 그에게로 돌아왔는데 그 입에 감람나무 새 잎사귀가 있는지라 이에 노아가 땅에 물이 줄어든 줄을 알았으며(창세기 8장 11절)

요한이 또 증거하여 가로되 내가 보매 성령이 비둘기 같이 하늘로부터 내려와서 그의 위에 머물렀더라(요한복음 1장 32절)

노아 홍수 때 맨 먼저 물이 줄었음을 알려 준 새는 비둘기다. 비둘기는 감람나무(올리브나무)의 새순을 물고 와 노아에게 주는데 노아는 그 새순을 보고 물이 줄어든 것을 알았다는 것이 창세기 기록이다.

신약에서는 성령을 상징한다. 인용문에서 보는 바와 같이 예수가 요한에게 세례를 받을 때 비둘기처럼 성령이 내렸다는 구절이 나오고 있다.

문학 작품이나 성경에만 비둘기가 나오는 것은 아니다. 큰 행사가 있을 때 어떤 의미를 띠고 등장하기도 한다.

88서울 올림픽 개막식 때 푸른 하늘로 비상하는 비둘기를 보고 박수를 치던 모습은 아직도 우리들 뇌리에 생생히 남아 있다. 그뿐 아니다. 준공식에 등장할 때도 있고, 전국체전 같은 뜻 깊은 행사가 있을 때에도 비둘기는 종종 등장한다. 이런 경우 비둘기는 대개 평화나 번영, 발전을 상징한다.

비둘기의 활용은 여기서 그치지 않는다.

기록에 의하면 BC 4천 년 경부터 소식을 전하는 전령사 비둘기가 등장하고 있으며 제1차 세계대전 때에도 군용으로 이용했다고 한다.

통신이 발달한 현대에는 비둘기를 전령사로 사용하지는

않는다. 그 대신 비둘기 동호인들이 경주용 비둘기를 사육하여 각종 레이스가 열리는데 국내 레이스는 물론 국제 레이스까지 열리고 있다.

고대에서부터 오늘날까지 비둘기의 활용은 실로 눈부신 바가 있다.

이쯤 되면 겁쟁이요 비열한 인물의 상징인「유구곡」의 비둘기는 무시해도 좋을 것이다. 누가 뭐라 해도 비둘기는 사랑과 평화, 성령을 상징하는 마땅히 예찬 받아도 좋은 새, 아름다운 새라 할 만하다. 이제 다음과 같이 목이 터져라 소리쳐도 나무랄 사람은 없을 것 같다.

"비둘기여, 영원 하라!"

비둘기(2)

– 비둘기는 한 번 맺은 짝과 평생을 함께 한다.

일전 공원에 산책을 나갔다가 재미있는 광경을 목격했다.
한여름 오후였다. 나는 느티나무 아래 벤치에 앉아 한가로
운 시간을 즐기고 있었다. 멀리 산봉우리 위로는 뭉게구름이
떠 있고 주변은 대도시답지 않게 조용한 오후였다.
그때 어디선가 비둘기 한 쌍이 날아왔다. 내가 앉아 있는
벤치에서 불과 4, 5미터 떨어진 거리였다. 녀석들은 내려앉
기가 무섭게 땅바닥을 쪼아대며 돌아다녔다. 내 눈에는 쪼아
먹을 아무 것도 보이지 않는데 녀석들에게는 그게 아닌 모양

이었다. 지천으로 널린 게 먹이? 아니면 먹이가 아닌가 싶어 일단 쪼아 보는 것인지도 모르겠다. 그렇게 먹이 찾기는 2, 3분 이어졌다.

사람이나 짐승이나 배를 채우고 나면 성욕이 발동하는 것일까, 별안간 수컷 비둘기는 짝짓기를 시도했다. 조류 일반의 짝짓기가 그렇듯이 녀석도 암컷의 등에 올라탔다. 극히 짧은 시간, 수컷은 아래로 내려왔다. 정상이라면 그사이 교미가 이루어졌을 것이다.

그런데 이상한 것은 땅바닥에 내려온 수컷 비둘기가 얼어붙은 듯 꼼짝하지 않고 그 자리에 서 있는 것이었다. 눈만 두릿두릿 먹이 찾기에는 아예 관심도 보이지 않았다. 반면에 암컷 비둘기는 아까와 똑같이 여기저기 돌아다니면서 땅바닥을 쪼아대기도 하고 목을 젖혀 깃을 다듬기도 했다.

마치 무엇에 놀란 것처럼 눈만 두릿거리는 수컷 비둘기와 활발하게 움직이는 암컷 비둘기는 너무 대조적이었다. 녀석이 왜……? 그러나 그 이유를 알아낼 재간이 나에게는 없었다. 동물과 대화를 나누는 능력자도 아닌 내가 어떻게 놈의 마음을 읽어낼 수 있겠는가. 내가 할 수 있는 일이라곤 계속 녀석을 지켜보는 일이었다. 그러다 보면 무슨 답이 나올지도 모른다는 기대를 하고.

드디어 수컷이 움직이기 시작했다. 그런데 수컷이 움직이기 시작한 것은 암컷의 이해할 수 없는 행동이 있은 다음이었다. 수컷이 움직이지 않고 가만히 서 있는 것을 알아챈 암컷은 수컷 가까이 다가갔다. 그리고는 자신의 부리로 수컷의 부리와 목을 쓰다듬기 시작했다. X자 모양이 되었다가 S자로 겹치기도 하면서 한참을 서로의 목을 비벼댔다. 수컷이 움직이기 시작한 것은 암컷의 이런 행동이 있은 다음이었다.

대체 녀석들 사이에 무슨 일이 있었기에? 또 암컷의 행동이 의미하는 바는 무엇인가? 얼어붙었던 수컷의 행동이 누그러진 이유에 대해 여러 가지로 생각을 해 보아도 조류 전문가도 아닌 나로서는 도무지 알 길이 없었다. 이제 그들의 움직임을 지켜보고만 있다고 해서 답이 나올 일은 아니었다.

다만 교미의 실패가 원인이 아닐까하는 짐작은 갔다. 그러나 카메라를 접사하여 교미 순간을 포착하지 않은 이상 교미의 실패라고 단정하기도 어렵다. 수컷의 그 어색한 표정하며 넋을 잃은 듯 꼼짝하지 않고 서 있던 모습을 생각하면 아무래도 거기에 무게가 더 실리는 건 사실이지만 이것은 물론 나의 오판일 수도 있을 것이다.

아무튼 나의 짐작이 맞다면 암컷의 행동은 교미의 실패로 얼굴을 붉히고(?) 있는 수컷을 위로해 주는 행위였다고 말할 수 있을 것 같다. 다정한 스킨십과 입맞춤이 수컷에게 용기를 주었고 위로를 받은 수컷은 비로소 힘을 내어 움직일 수 있었다.

사람도 짐승도 수컷으로서 실패는 수컷의 체면을 구기는, 치욕적인 순간이 되는가 보다.

하여간 이들 부부에게 다시 안정이 찾아왔다.

수컷은 깃을 다듬는 것으로 움직임을 시작했다. 목 아래 부분과 날갯죽지 밑을 열심히 다듬었다. 어느 정도 깃 다듬기가 끝나자 이번에는 암컷과 함께 먹이 찾기에 들어갔다. 짝짓기 전과 같이 녀석은 부지런히 땅을 쪼아대며 돌아다녔다. 드디어 이들 부부에게 찾아온 평화였다.

그런데 그 평화는 그리 오래가지 못했다.

어디선가 수컷 한 마리가 날아오는 바람에 한여름 오후의 평화는 다시 깨지고 말았다.

침입자 수컷은 덩치도 크고 털 빛깔도 아름다웠다. 머리부터 시작하여 목 아래까지 마치 머플러를 두른 것처럼 진한 감청색 털이, 아래로는 청록색 털이 감싸고 있었고 게다가 윤이 날 정도로 선명한 빛깔의 털이었다. 그것은 원래 수컷의 털과는 비교가 안 될 정도로 아름다운 털이었다.

거기다 소리도 우렁찼다. '구구구' 하는 소리는 굵은 바리톤 음색 바로 그것이었다. 상대방을 제압하고도 남을 위엄을 갖춘 소리였다. 침입자는 암컷 옆으로 다가가더니 계속 소리를 내었다.

암컷은 침입자의 프러포즈를 아는지 모르는지 알면서도 짐짓 딴전을 피우는 건지 땅만 쪼고 다녔다. 침입자 수컷이 거의 몸이 닿을 정도로 밀착하여 암컷 주변을 한 바퀴 도는데도 그 모양이었다.

그런데 암컷의 마음이 돌변한 것은 바로 그 순간이었다. 별안간 다리를 구부리고 몸을 땅바닥에 바짝 붙이는 것이 아닌가. 그것은 등에 올라타라는 신호였다. 이때를 기다리고 있던 침입자는 기회를 놓칠세라 냉큼 올라타는 것이었다. 간통 현장에는 남편이 눈을 번연히 뜨고 있었다.

저 녀석이 이것을 보고만 있을까? 한바탕 혈투가 벌어지는 것은 아닐까? 사랑과 평화의 새, 비둘기는 어떤 반응을 보일까? 사뭇 긴장되는 순간이었다.

그러나 문제는 순식간에 해결되었다. 원래 수컷이 재빨리 팔짝 뛰어 등에 탄 수컷을 두 발로 차 버린 것이었다. 무례한 침입자는 맥없이 땅으로 내려앉고 말았다. 실로 눈 깜작할 사이에 벌어진 일이었다. 모이를 쪼고 있으면서도 수컷은 실상

침입자 수컷 비둘기를 예의 주시하고 있었던 모양이었다.

그러면 그렇지. 비둘기라고 예외일 수는 없지. 간통 현장에 있으면서 못 본 체 눈감을 수컷이 어디 있겠는가.

평화의 상징으로서 자격을 갖춘 새여서 그랬는지 다행히 혈전으로 번지지는 않았다. 미끄러진 침입자 수컷은 아무렇지도 않은 듯 남편 수컷에게는 눈길 한 번 주지 않고 '구구구' 하면서 다시 암컷을 쫓아 다녔다.

침입자 수컷 비둘기는 암컷에 대한 미련을 버리지 못했다. 끈질기게 구애 작전을 이어갔다. 주변을 맴돌면서 우렁찬 소리를 계속해서 내고 날갯죽지 한쪽을 쭉 뻗어 구애의 신호를 보내기도 했다. 암컷은 그러건 말건 침입자 수컷은 거들떠보지도 않고 먹이 찾기에만 골몰했다. 아마도 남편 수컷을 이제는 의식한 모양이었다.

그러기를 대략 3분 정도 지났을까, 침입자는 끝내 뜻을 이루지 못하고 자기 짝이 날아오자 어디론가 함께 날아가고 말았다.

하늘은 푸르고 먼 산봉우리 위로는 뭉게구름이 한가롭게 떠 있는 한여름 오후였다.

이 장면에서 나는 '순수한 사랑'의 상징인 비둘기가 실제 상황과는 너무도 거리가 있음을 확인할 수 있었다. 침입자 수컷의 외모와 목소리에 정신을 잃은 암컷 비둘기는 곧바로 몸을 내주었다. 남편 수컷이 옆에 있었기에 망정이지 그러지 않았으면 간통은 성공했을 것이다. 어느 동물 사전에 '비둘기는 한 번 맺은 짝과 평생을 함께 한다'고 실려 있는데 이것은 내가 관찰한 바로는 맞지 않는 설명이다.

1970년대 초반 조선왕조 마지막 왕손으로 알려진 가수 이석이 부른 「비둘기 집」이라는 노래가 크게 유행한 적이 있었다.

그 가사는 '비둘기처럼 다정한 사람들이라면 장미꽃 덩굴 우거진 그런 집을 지어요……'로 시작하여 '비둘기처럼 다정한 사람들이라면 포근한 사랑 엮어갈 그런 집을 지어요'로 끝난다. 여기서 비둘기는 다정한 사람, 포근한 사랑의 비유가 되고 있다.

한 여인을 꽃에 견주려면 여인의 아름다움과 꽃의 아름다움이라는 공통분모가 존재해야 한다. 만일 공통분모가 존재하지 않는다면 비유는 성립되지 않는다. 비둘기를 포근한 사랑에 비유할 때에도 마찬가지다. 비둘기의 사랑이 포근한 사랑일 때 포근한 사랑과 비둘기 사이에는 공통분모가 존재하고 비유가 성립된다.

내가 이날 관찰한 바로는 비둘기의 사랑이 포근한 사랑은 아니었다. 비둘기를 포근한 사랑에 비유하는 것은 잘못된 비유, 단지 선입관이 만들어낸 허상에 지나지 않는다는 것을 알 수 있었다.

선입관이란 이렇게 무모한 것이다. 아름다운 이미지를 갖고 있는 지도층 인사나 인격자로 알려진 사람이 실상과 맞지 않는 경우가 많이 있다. 이때 우리들은 그 사람에 실망하고 좌절한다.

그러나 돌이켜 생각해 보면 그들의 잘못만은 아닐 것이다. 그 아름다운 이미지를 만들어낸 사람은 무작정 선입관에 따라 생각하고 행동하는 우리들이기 때문이다.

돌무더기 신앙

한 사람이 등산로를 걷고 있었다.

완만한 경사를 따라 그는 서두르는 법이 없이 그저 천천히 걷고 있었다. 여름답게 숲은 우거져 있었다. 고개를 들어 우러르니 가지 사이로 파아란 하늘이 언뜻언뜻 비쳤다. 등산로는 내내 그늘이었다. 한여름의 뙤약볕도 이 길에서는 맥을 추지 못한다. 이마에 송골송골 맺힌 땀방울은 전혀 부담스럽지가 않았다.

산새 소리도 들리고 옆으로 계곡 물 흐르는 소리도 들렸다. 어쩌다 가느다란 바람 한 줄기가 불어와 맺힌 땀방울을

식혀 주었다. 굳이 수건을 꺼내어 땀을 씻고 말고 할 것도 없
다. 목이 마르지도 않았다. 이따금 생수병을 꺼내 한 모금씩
마신 것은 꼭 목이 말라서라기보다는 등산할 때의 멋이랄까,
뭐 그런 것 때문이라고 해도 좋았다. 그는 멋을 아는 사람이
었으니까.

이런 길이라면 혼자 걸어도 지루하지가 않았다. 갑자기 초
롱꽃이 나타나고 금낭화도 얼굴을 내밀었다. 저쪽 바위 아래
로는 원추리도 보였다. 길은 거기서부터 가파른 경사를 이루
고 있었다. 아, 얼마나 행복한 시간인가. 세상은 고해가 아니
라 낙원이다. 그는 가파른 등산로로 접어들면서 이렇게 중얼
거리고 있었다.

그런데 그것도 잠시, 별안간 심한 복통이 그를 덮쳤다. 그
는 얼른 오른손으로 배를 쓸어 주었다. 이런 때 몇 번 배를 문
지르면 가라앉는다는 것을 그는 체험으로 알고 있었다. 그는
발걸음을 옮겨 놓으면서 계속해서 배를 쓸어 주었다. 가라앉
겠지. 이 정도의 복통은 으레 있게 마련. 금세 가라앉을 걸.
걱정할 게 무어지?

그러나 복통은 쉽게 가라앉지 않았다. 가파른 길로 접어들
면서 배에 힘을 준 탓일까. 뱃살이 꼿꼿해지더니 금방이라도
설사를 하고 말 것처럼 항문 부근이 뻐근해졌다. 그는 본능적

으로 주변을 둘러보았다. 어디에도 간이 화장실은 없었다. 마지막으로 지나친 간이 화장실은 한참 아래에 있었다. 거기까지 달려갈 수는 없는 노릇. 느낌으로 보아 금방이라도 쏟아질 것 같았다. 위급한 상황이었다.

그는 다시 주변을 둘러보았다. 다행히 사람들은 보이지 않았다. 그는 두어 걸음 길옆으로 들어가 아름드리 물푸레나무 바로 곁에서 바지를 내렸다. 아슬아슬한 순간이었다. 한 무더기를 쏟아내자 배는 언제 그랬느냐는 듯이 말끔해졌다.

생수를 너무 많이 마신 탓인가? 그는 중얼거리며 등산길로 나왔다. 그리고는 또 주변을 둘러보았다. 역시 어디에도 사람들은 보이지 않았다. 대신 자신의 배설물 한 무더기가 눈에 들어왔다. 아름다운 자연에 남긴 오점이었다. 그는 몇 걸음 옮기다가 다시 배설물을 보았다. 아무래도 너무 흉한 모습이었다.

그는 무슨 생각을 했는지 배설물 가까이로 갔다. 그리고는 주변의 돌들을 갖다가 배설물 주변에 놓기 시작했다. 20여 개를 갖다가 포개고 가리어 놓으니 배설물은 감쪽같이 사라졌다. 누가 보아도 거기 배설물은 없었다. 한 무더기 돌이 있을 뿐이었다.

2년인가, 3년……. 세월이 흐른 다음이었다.

그는 다시 그 등산로를 걷고 있었다.

단풍이 곱게 물들어 가는 가을이었다. 전에는 혼자였는데 이번에는 몇 친구들과 이야기꽃을 피우며 걷고 있었다.

가파른 경사가 시작되는 곳에 이르렀다.

한 친구가 말했다.

"저것 좀 봐. 서낭당이야."

사람 키보다 높은 돌무더기가 보였다.

"큼지막한 돌 하나씩 얹어 놓고 가자고."

"세 개를 얹어 놓아야 효력이 난다는데……."

친구들은 하나 혹은 세 개의 돌을 집어 들었다. 그도 얼떨결에 돌 하나를 집어 들었다.

'이상하다. 전에는 저런 돌무더기가 없었는데……?'

그는 머리를 갸웃하며 돌무더기 위에 돌을 얹어 놓았다. 울긋불긋한 헝겊 조각이 매달린 새끼줄이 위쪽으로 둘려 있고, 아름드리 물푸레나무 몸통에도 감겨 있었다. 아주머니 세 사람이 그 앞에서 합장한 채 머리를 조아리고 있는 중이었다.

여자들은 합장을 마치고 등산길로 올라오면서 이런 말을 주고받았다.

"이야기 들었니? 이 서낭당 효험이 많다는 거……."

"들었지. 영숙이 있잖니? 여기서 치성을 드린 덕분에 아파트 당첨됐다더라."

"어머, 그랬구나. 어쩐지 개 기가 살아났더라고."

그도 등산길로 올라왔다. 그리고 주변을 다시 유심히 살펴보았다.

그때 번뜩 정신이 들었다. 그렇다. 이곳은 내가 언젠가 볼 일을 본 곳. 배설물을 감추기 위해 돌무더기를 쌓아 놓은 곳. 그래, 바로 저 나무 아래였어. 몇 개 주워다가 쌓아 놓은 돌이, 그 돌무더기가 있던 곳. 대변을 덮고 있던 그 돌무더기가 저렇게 자라다니.

'이럴 수가……?'

실상을 깨닫는 순간 그는 비명을 지르지 않을 수 없었다. 자신이 바로 돌무더기 신앙을 탄생시킨 장본인이었던 것이다. 그리고 돌무더기 신앙은 이미 확고한 신앙, 견고한 신앙으로 자리 잡고 있었던 것이다.

이것은 어느 제자로부터 들은 이야기다. 그는 라디오 방송에서 이 이야기를 들었다고 한다.

위의 묘사는 소설 형식으로 다소 살을 붙이긴 했어도 핵심 내용에는 조금도 손을 대지 않았다.

나는 우습고도 충격적인 이 이야기를 들으면서 터무니없는 생각을 한번 해 보았다. 기존의 고급이라고 자처하는 신앙 가운데도 이런 식의 탄생 비화를 갖고 있는 신앙이 없다고 누가 장담할 수 있겠느냐고.

인간이 약한 존재라는 것은 부인할 수 없는 사실이다. 그래서 늘 무언가에 의지하려는 본능 같은 것이 있다. 이런 본능이 거룩한 종교의 탄생을 불러온 반면, 한편으로는 똥을 덮은 돌무더기 앞에서조차 머리를 조아리는 종교도 불러왔다. 한숨이 절로 나오고 탄식이 절로 나왔다.

약한 자여, 그대의 이름은 인간이니라.

$\boxed{3}$

전설은 육체가 아니고
영혼이다

— C.V. 게오르규

한국의 어머니

대학 시절, 성내운 교수의 교육학 시간에 들은 인상 깊은 일화 하나가 있어 여기 소개하고자 한다.

당시 미국의 저명한 정신분석학 전공 교수 한 분이 성 교수님을 찾아왔다. 그는 6·25라고 하는 동족상잔의 비극을 겪은 한국에 대단한 흥미를 갖고 있는 학자였다. 보나마나 거리마다 정신병자가 넘쳐나리라는 것이었고, 이것이 그의 관심거리였고 연구 대상이었다. 기회를 기다리고 있던 그는 마침내 한국을 방문할 기회를 갖게 되었다. 그는 성 교수님에게 안내를 부탁했고 성 교수님은 그 부탁을 흔쾌히 받아들였다.

그런데 그 교수가 성 교수님을 만나러 왔을 때, 그는 이미 서울을 샅샅이 살펴본 다음이었다. 폐허가 된 서울 거리, 그러나 자신의 예상과는 다른 서울 풍경에 그는 무척 놀랐다. 동족끼리 총부리를 겨누고 엄청난 살상을 겪은 사람들이라고 보기에는 도저히 믿어지지 않는 조용한 평화가 있고, 거리에는 정신병자 대신 활기찬 시민들의 발걸음이 물결을 이루고, 동대문 시장과 남대문 시장은 사람들로 발 디딜 틈이 없었다. 생기와 의욕으로 넘치는 서울 거리를 보고 그는 자신의 예상이 잘못되었다는 것을 알게 되었다.

이렇게 되고 보니 이제 연구의 방향을 바꾸지 않으면 안 되었다.

이리하여 '전쟁과 정신병의 상관관계 연구'라는 애초의 계획은 '같은 민족끼리 총부리를 겨누는 비참한 전쟁을 겪었음에도 정신병자가 없는 이유는 무엇인가'로 바뀌었다.

"여러 방향으로 그 이유를 모색해 보아도 도무지 답을 얻을 수가 없어 마지막으로 농촌을 방문하려고 했던 것입니다. 우리는 농업 국가니까(당시 우리나라는 명실상부한 농업 국가였다) 아무래도 농촌에서 해결의 실마리를 찾는 게 옳다고 판단했던가 봅니다. 그분은 적당한 농촌을 안내해 달라고 부탁했습니다."

성 교수는 흔쾌히 그의 부탁을 들어 주었다. 그리고 외국인에게 소개해도 좋을 만한 농촌마을 하나를 물색해 두었다. 부촌이라 이를 만한 그런 마을이었다.

농촌을 방문하기로 약속한 날, 그들은 경부선 완행열차를 타게 되었다. 굳이 완행열차를 탄 것은 그의 고집 때문이었다. 성 교수는 완행열차보다 급행열차를 타고 빨리 예정한 농촌 마을로 가고자 했는데 이 계획은 출발부터 차질을 빚은 셈이었다.

그러나 그의 고집대로 할 수밖에 없었다. 그가 원해서 가는 길이니 그의 의견을 존중해 주는 게 도리였다. 그들은 차창 너머 농촌 풍경을 감상하면서 이런저런 이야기를 나누고 있었다. 때는 여름, 모내기를 끝낸 논에는 초록의 물결이 넘실거리고 한줄기 훈풍이 열어놓은 차창으로 밀려 들어왔다. 김을 매는 농부들이 희끗희끗 지나갔고, 그는 그런 농촌 풍경을 무심히 바라보고 있는 듯했다.

두 번째로 성 교수를 당황하게 만든 사건은 어느 간이역에 도착했을 때 벌어졌다. 역에 열차가 들어서자마자 별안간 그는 여기서 내리자면서 자리에서 벌떡 일어났던 것이다. 갑작스런 제의에 놀란 것은 성 교수였다. 성 교수는 여기는 목적지가 아니라고 말렸다. 하지만 이번에도 그의 고집을 꺾을 순 없었다. 성 교수님에 의하면 예정에 없던 마을 방문은 이렇게 해서 이루어졌다고 했다.

그들은 낡은 역사를 빠져나와 신작로로 접어들었다.

신작로를 따라 가면 가난한 농촌 마을에 이를 것이다. 어떻게든 잘 사는 농촌을 보여 주고 싶었던 성 교수로서는 낭패가 아닐 수 없었다. 그러나 그가 바라는 바이니 어쩔 수 없는 노릇이었다.

역사를 벗어나 조금 걷자 곧 들판이 나왔고 크고 작은 논들과 저 멀리 산 밑으로 납작 엎드린 초가집 몇 채가 눈에 들어왔다. 먼빛으로 봐도 가난한 마을이었다. 그러나 이미 엎질러진 물, 그들은 뙤약볕이 쏟아지는 신작로를 따라 한참을 걷다가 마을로 뻗은 좁은 길로 들어섰다.

밀짚모자를 눌러 쓰고 김을 매는 농부들이 눈에 들어왔고, 마침 점심때라 나무 밑이나 논두렁에서 점심을 먹고 있는 모습도 보였다. 보나마나 꽁보리밥일 텐데……. 성 교수는 솔직히 그 모습을 그에게 보여주고 싶지 않았다. 점심을 먹고 있는 쪽으로 가자고 하면 어떤 핑계를 대나 걱정을 하고 있는데 다행히 그런 눈치는 보이지 않았다.

그러나 그것도 잠시, 참으로 난처한 상황에 직면하고 말았다. 그들이 걸어가고 있는 그 좁다란 길을 따라 아낙네 하나가 머리에 점심 광주리를 이고 이쪽으로 걸어오고 있지 않은가. 아낙네는 낡은 삼베 저고리에 검정 무명치마 차림이었고, 들쳐 업은 아이는 잠이 들었는지 걸음을 옮길 때마다 아래로 쳐진 팔다리가 출렁거렸다. 그러나 길은 외길, 피할 다른 방도가 없었다.

드디어 아주머니와 교차하는 순간이었다.

멀리서 보았던 대로 아낙네는 너무도 초라했다. 깡마른 얼굴, 머리에 인 점심 광주리, 그리고 뙤약볕을 받으면서 등에서 잠이 든 아이……. 어느 것 하나 자랑스런 것은 없었다. 역시 보여주고 싶은 광경이 아니었다. 이런 성 교수님의 마음을 알 바 없는 그는 교차하는 지점에서 걸음을 멈추고는 한 손으로는 아이의 엉덩이를 바치고 다른 한 손으로는 머리의 광주리를 잡고 있어 반나마 허리가 드러난 아낙네와 뙤약볕을 받고 엄마의 등에서 잠이 든 아이의 얼굴을 민망할 정도로 찬찬히 살펴보았다.

그런데 문제는 거기서 그치지 않았다. 마을로 들어서자 못 볼 광경(?)이 또 기다리고 있었다.

그때는 아까 말한 것처럼 점심때였다. 싸리나무가지를 얼기설기 엮어 만든 울타리와 있으나 마나한 사립문은 그나마 활짝 열려 있어서 집안의 모습이 그대로 눈에 들어왔다.

개다리소반일망정 갖추어 놓고 점심 식사를 하고 있는 집도 있었고, 밥상도 없이 김치 하나를 마룻바닥에 놓고 어머니와 아이들이 둘러앉아 식사를 하는 집도 있었다. 사내아이들은 대개 웃통을 홀랑 벗은 채였고 아이의 배에는 김치 국물과 밥풀이 어지럽게 붙어 있었다. 엄마는 그런 아이를 나무라기는커녕 손수 밥을 떠먹이기도 하고 흘린 밥풀을 주워 자기 입으로 가져가기도 하였다. 그는 또 아까처럼 걸음을 멈추고는 그 광경을 유심히 관찰하는 것이었다.

"우리 농촌이 모두 이렇게 가난한 것은 아닙니다. 내가 물색해 둔 마을에 가봅시다."

마을을 둘러보고 나오는 길에 성 교수가 이렇게 말하자 그의 대답은 너무 뜻밖이었다.

"아닙니다. 더 이상 볼 필요가 없습니다."

그러면서 서울로 돌아가자고 하더라는 것이다. 몇 번 더 간곡한 성 교수의 권유에도 그는 그저 손을 내저을 뿐이었다.

대체 무엇을 보았기에……? 이렇게 되고 보니 궁금한 것은 성 교수였다. 그러나 그는 속 시원한 답변을 보류한 채 연구 논문이 나오면 그것을 보내주겠노라는 약속을 남기고는 귀국 길에 올랐다. 그의 속내를 알기 위해서는 이제 논문을 기다리는 수밖에 없었다.

그로부터 일 년이 지난 어느 날, 성 교수는 마침내 한 편의 논문을 받아보게 되었다.

"여러분, 그가 한국에 정신병자가 넘쳐나지 않은 이유를 어디에서 찾아내었는지 아십니까?"

여기서 성 교수는 잠시 말을 끊고 학생들을 둘러보았다. 우리는 도무지 그 이유를 알 수 없었다. 아무도 답을 하는 학생이 없자 이윽고 성 교수가 입을 열었다.

"다름 아닌 어머니의 사랑이었습니다. 무거운 밥 광주리를 이고 가면서도 아이를 업은 한국의 어머니, 흘린 밥풀을 주워 먹으면서 엉덩이를 토닥거리는 한국의 어머니 모습에서 그 이유를 찾아내었던 것입니다."

나는 지금도 이 부분에 이르러 힘주어 강조하시던 성 교수의 카랑카랑한 목소리와 반짝이던 그 눈빛을 잊을 수가 없다. 비록 저들보다 우리는 가난하지만 새삼스럽게 어머니의 사랑에 눈시울이 뜨거워지면서 가슴을 치고 오르던 그 가슴 뿌듯한 감동도 잊을 수가 없다. 당시 한국의 자식 치고 성 교수 일행이 목도한 것과 같은 어머니의 사랑을 받아 보지 않은 사람이 어디 있었겠는가. 그건 너무도 일상적이고 평범한 어머니의 사랑이 아니었던가.

성 교수님의 이야기를 듣고 가슴 뭉클한 어머니의 사랑을 되새긴 것이 엊그제 같은데 그 사이 강산이 여러 번 바뀌었다. 세월은 모든 것을 녹슬게 하는 것일까, 한국의 어머니 사랑도 이제는 많이 퇴색한 것 같아 안타까울 때가 많다. 아무리 세월이 흘러도 결코 빛바랜 전설이 아닌, 살아 있는 전설이 되어야 할 한국의 어머니 상이 아닌가 한다.

내 복에 무슨 난리?

　무심코 쓰는 우리말 가운데에도 내력을 가진 말들이 더러 있다. 고사성어가 중국 고사에서 유래되는 데 비해 이런 말들은 우리의 역사나 풍습에서 유래된다.

　'안성맞춤'은 유기그릇(놋그릇)을 쓰던 시절, 경기도 안성에 주문하여 만든 유기그릇이 품질이 제일이고 마음에 딱 들었다는 데서 유래한다. '소일거리로 안성맞춤인 종이접기', '독신자에게 안성맞춤인 아파트' 등과 같이 이 말은 물건이 마음에 들거나 조건이나 상황이 잘 어울린다는 뜻으로 사용된다.

‘을씨년스럽다’는 말 역시 내력을 가진 말이다. 1905년 을
사보호조약이 체결되면서 우리는 일본에게 외교권을 빼앗기
게 된다. 이것은 국가의 수치였다. 당연히 온 나라가 어수선
해지고 슬픔에 잠기게 되었다. 여기서 유래하여 마음이나 날
씨가 어수선하고 쓸쓸할 때 ‘을사년스럽다’는 말이 생기고 이
것이 변하여 ‘을씨년스럽다’가 되었다.

이것은 국어 시간에 한 번쯤 들어 알고 있는 내력이 있는
말들이다.

일상 회화에 ‘내 복에 무슨 난리’라는 관용구를 사용하는
때가 있다. 그런데 이 관용구에도 내력이 있다는 것을 아는
사람은 많지 않으리라고 본다.

이 말의 내력은 국어 시간에 들은 바도 없고, 요즘은 사용
하는 사람도 별로 없어 그 뜻을 아는 사람은 더구나 없지 않
을까 생각된다. 또 이 말이 전국적으로 사용되었는지 아니면
우리 고향에 국한된 사용이었는지 그것도 나는 정확히 모른
다. 아무튼 우리 고향에서는 이 말을 자주 사용하였다.

이 말은 마음에 들지 않는 상황, 일이 뜻대로 되지 않는 상
황에서 썼다. 안성맞춤과는 반대의 경우라고 하면 쉽게 이해
가 될 것이다. 기껏 일을 추진했는데 그것이 실패로 끝난 경

우 자조 섞인 말로 '내 복에 무슨 난리'라고 투덜거렸던 것이
다. 이렇게 우리 고향에서는 이 말을 안성맞춤 못지않게 자주
사용했다.

이 말을 사용하면서 나는 한 번도 이 말에 무슨 내력이 있
다고 생각해 본 적이 없다. 당시 이 말을 사용한 많은 사람들
역시 나와 비슷했으리라고 본다. 국어 시간에 배운 적도 없고
누가 특별히 설명해 준 적도 없으니 그건 당연한 일이었다고
할 수 있다.

그런데 이 말의 내력을 일러 준 분은 우리 어머니였다.

그게 가을이었을 것이다. 학교에서 돌아온 나는 책가방을
던져 놓고 마당으로 나왔다. 마침 어머니는 빨랫줄에서 옷가
지를 걷고 계셨다. 청명한 하늘, 해가 서쪽으로 많이 기울어
동향인 우리 집 마당은 벌써 땅거미 맞을 채비를 하고 있었
다. 그런데 빨래를 걷던 어머니가 별안간 나를 보고 이렇게
말씀하셨다.

"내 복에 무슨 난리라는 말이 왜 생겨났는지 아냐?"

알 리가 없었다. 상황에 맞게 그 말을 쓸 수는 있어도 그 내
력은 들은 적도 배운 적도 없었다. 나는 말씀 드렸다.

"그 말에도 무슨 내력이 있어요?"

"있지. 들어볼래?"

하시면서 들려 준 이야기는 이러했다.

옛날 가난하기 짝이 없는 한 사람이 있었다. 그의 소원은 한 끼라도 좋으니 실컷 쌀밥을 먹어보는 것이었다. 그러나 아무리 노력을 해도 각다분한 팔자는 피지를 못했다. 겨우 입에 풀칠이나 하는 지지리도 복이 없는 사내였다. 언제 배터지게 밥 한 번 먹어보나……. 자나 깨나 이런 생각에 그의 머리는 돌아 버릴 지경이었다.

그러던 어느 날, 꿈같은 낭보 하나가 날아왔다.

머지않아 난리(전쟁이나 재앙)가 난다는 소문이었다. 그것도 세상이 결딴이 나고 마는 무시무시한 난리였다. 처음에는 그도 몸서리를 치면서 살 방도를 찾으려 했다. 그러나 차분히 따져보니 무슨 뾰쪽한 방도가 있을 것 같지가 않았다. 밤새워 생각을 해도 마찬가지였다. 그렇다면 어떻게 한다?

영리하기 짝이 없는 그는 참으로 영리한 방안 하나를 찾기에 이르렀다. 세상이 결딴나는 것은 기정사실이요 죽는 것은 피할 수 없는 운명이다. 그럴 바엔 실컷 먹기라도 하고 죽자. 밭에 나가 고생할 필요가 어디 있느냐. 고기와 쌀밥이나 실컷 먹고 죽자.

이렇게 생각한 그는 얼마 되지 않는 밭뙈기를 팔아 돈을 받은 그날부터 밥과 고기를 실컷 먹기 시작했다. 몇 달을 배불리 먹고 나니 밭을 판 돈도 거의 바닥이 드러났다. 이제 난리가 나기만 하면 그만이었다.

그러나 이게 웬일인가? 한 달이 가고 두 달이 가고…… 일 년이 지나도록 난다는 난리는 일어나지 않았다. 난리가 난다는 소문은 그야말로 소문에 지나지 않았음을 그는 그제야 깨달았다. 아뿔싸! 놀라 자신을 돌아보았을 때는 이미 모든 것이 거덜 난 상태였다. 손바닥만 한 밭뙈기마저 팔아치웠으니 입에 풀칠도 못할 형편이었다.

어머니는 여기까지 말씀하시고는 이렇게 끝을 맺으셨다.

"쪼박 살림마저 거덜 난 그 사람이 중얼거렸단다. 내 복에 난리는 무슨 난리냐고……."

나는 어머니 이야기를 듣고 한참을 웃었다.

뭐 그런 사람이 다 있냐고, 철없는 사내였다고, 소문을 믿고 그런 짓을 하다니 바보가 아닌 담에야 누가 그런 짓을 하겠느냐고, 그 사람은 틀림없이 바보라고. 조금은 오만한 마음도 가져보면서 한참을 웃었다.

그러나 나중에야 나는 깨달았다. 세상 사람들은 누구나 결국은 바보짓을 하고 만다는 것을.

배신을 당한 다음에야 믿었던 것을 후회하고, 믿고 보증을

섰다가 가산을 날리고, 회사를 믿고 주식 투자를 했다가 거액이 물거품이 되고, 상사를 믿고 승진을 기대했는데 승진자 명단에서 누락되어 기가 죽고, 높은 인격자로 믿었던 사람이 알고 보니 비인격자였음에 절망하고, 믿는 도끼에 발등 찍혀 밤을 새워 울고……. 주변에서 일어나는 이 모든 일이 오판에서 오는 바보짓이 아니고 무엇인가. 난리가 난다는 소문을 믿고 밭을 판 사람만 바보가 아닌 것이다.

생각해 보면 인생은 오판의 연속인 것 같다. 이것이 어머니가 들려주신 '내 복에 무슨 난리'라는 관용구에 얽힌 사연이 나에게 준 교훈이었다. 그러나 그 교훈의 진정한 의미를 깨달은 것은 모든 것을 그르친 다음이었으니 나의 우둔함에 절로 한탄이 나올 뿐이다.

어머니와 국어

어떤 분야가 되었건 하루아침에 성과를 낼 수는 없다. 오랜 시간을 투자해야만 어느 정도 성과를 거둘 수 있다.

국어 실력도 마찬가지다. 평소 우리말에 관심을 갖고 낯선 표현이나 낱말을 만났을 때 곧바로 사전을 뒤져 뜻을 확인하는 습관이 몸에 밴 사람만이 국어 실력을 쌓을 수 있다. 이런 생활을 오래 하다 보면 먼지가 쌓이듯 조금씩 국어 실력이 늘어난다. 국어 실력이라는 것이 먼 나라 이야기가 아니요 우리 일상 언어에 대한 학습인 이상 이것은 너무도 자연스런 현상이다.

　내가 대입자격 국가고사, 지금으로 말하면 수능을 치렀을 때의 일이다.

　객관식 문제를 도입하여, 그해에 그것을 두 번째로 시행하였던 것으로 기억된다.

　당시 내 생각으로는 네 개의 답지 가운데서 하나를 고르는 객관식 시험이란 어린애 장난 같게만 여겨졌다. 내내 주관식 시험만을 치렀던 나로선 의당 가질 법한 생각이요 우습게 여긴 것도 무리는 아니었다. 그만큼 쉬우리라는 예상을 했는데 막상 시험지를 받고 보니 네 개의 답 가운데 하나의 답을 고른다는 것이 그렇게 만만치만은 않았다.

　애를 태웠던 문제 하나를 나는 지금도 생생히 기억하고 있다.

　첫째 시간은 국어 시험. 내 애를 태운 것은 '난 거지 든 부자'라는 속담의 뜻을 묻는 문제였다(아니면 '든 거지 난 부자'였던 같기도 하다). 뜻을 알고 있는 사람에게는 식은 죽 먹기나 다름없는 문제라도 난생 처음인 사람에게는 그 속담은 한없이 어려운 문제일 수밖에 없다. 고작 속담의 뜻을 몰라 한 문제를 놓친다는 것이 너무 억울해 문제를 붙잡고는 보고 또 보아도, 아니 보면 볼수록 답은 오리무중이었다. '거지가 나가자 부자가 들어왔다', '나간 거지와 들어온 부자' 등 알쏭달

쏭한 답 가운데 어떤 것을 골랐는지 지금도 나는 모른다. 오직 네 개의 답을 놓고 우왕좌왕 애를 태웠던 기억밖에는.

시험을 마치고 집에 돌아온 나는 혹시나 하는 마음에서 어머니께 그 속담의 뜻을 여쭈어 보았다. 물론 큰 기대는 하지 않았다. 초등학교도 나오지 못한 어머니가 그 뜻을 아실 리 없다고 예단한 것이다. 그러나 내 이야기를 듣자마자 어머니의 답변이 나왔다.

"실속 부자를 말하지. 남 보기에는 가난한 것 같지만 속은 부자, 알부자 말이다."

어머니의 설명은 산뜻하고 정확했다. 그리고 답지 가운데 그런 내용이 있었던 것도 같았다.

그때의 놀라움을 나는 아직도 잊지 않고 있다. 어머니의 명쾌한 답은 잊을 수 없는 신선한 충격이었다. 그리고 보니 어머니는 국어 선생님이었다. 그것도 실력파 국어 선생님이었다.

그런데 어떻게 어머니가 그 답을……? 당시는 이런 생각이 들기도 했는데 그것은 완전히 잘못된 생각이었다. 국어란 일상 사용하는 언어생활이요 그것을 문자로 적어 놓은 것에 지나지 않는다. 그렇다면 그런 속담을 쓴 적이 있는 어머니는 훌륭한 국어 선생님이 될 수밖에 없다.

나는 주변 사람들이 그런 속담을 사용하는 것을 듣지도 보지도 못했다. 반면에 어머니는 '난 거지 든 부자'라는 속담을 쓰는 사람들을 보면서 어른이 되었다. 그러다 보니 자연스레 어떤 경우에 이 속담이 쓰이는지, 속담에 맞는 상황이 몸에 배어 있었다.

어머니의 설명에 아무튼 내 눈이 휘둥그레진 것은 물론이었다.

"그런데 왜?"

"그게 시험문제에 나왔어요."

"뭐? 그런 것도 시험에 나와?"

어머니 생각으로 시험이라면, 더구나 대학 입시를 앞둔 시험이라면 어머니가 도무지 모르는 어떤 문제일 거라고 생각하신 것 같았다. 내가 그렇다고 말씀드리자 놀란 얼굴을 하시고는 아쉽다는 듯이 덧붙이셨다.

"그게 나올 줄 알았으면 미리 말해 주는 건데 그랬다."

나는 이 이야기를 학생들한테 종종 들려준다. 국어란 다름 아닌 우리 생활이란 것을 증명하는 가장 좋은 본보기로서. 그리고 어머니한테서 받은 그 신선한 충격도 이야기한다.

나는 지금도 낯선 풍습이나 낯선 표현과 맞닥뜨리면 하늘

나라에 계시는 어머니를 생각한다. 어머니는 명쾌한 답을 주실 것이 분명한데 이제 그 답을 들을 수 없으니 가슴만 저리고 아프다.

평생 국어를 연구했다고 한들 내가 어머니의 국어 실력을 어찌 따라갈 수 있으랴.

서음(書淫)

서음書淫이라는 말이 있다. '淫'이 결합된 단어라면 보나마나 좋은 의미로 사용되는 말이 아니라는 것쯤은 누구나 눈치챌 수 있다. 국어사전에는 '글읽기를 지나치게 하는 일, 또는 그런 사람'이라고 풀이되어 있다. 그렇다면 이 말은 독서광 비슷한 단어인데 그 부정적인 인상은 서음이 훨씬 더 강하다. '광'보다는 '음'이 주는 나쁜 이미지 때문일 것이다.

진晉나라 때 황보밀皇甫謐이라는 사람이 있었다. 그는 젊었을 때 방탕한 생활을 일삼아 주위 사람들의 눈살을 찌푸리게 한 사람이었다.

어느 날, 숙모로부터 꾸중을 듣고 나서 자신의 잘못을 크게 뉘우친 그는 그때부터 공부에 열중하였다. 일하러 나갈 때에도 책을 옆에 끼고 다닐 정도였으니 집에 있을 때에는 말할 것도 없었다. 먹는 것도 자는 것도 잊고, 벼슬길에 나오라는 권유도 뿌리친 채 오로지 책 읽는 일에만 골몰했다. 그 결과 제자백가에 통달하였고 나중에는 여러 권의 저서를 남기기도 했다.

어떤 사람이,

"그렇게 열심히 책을 읽다가 정신이상이라도 생기지 않을까 두렵소."

하고 걱정해 주니 황보밀의 대답은,

"공자는 아침에 도를 깨달으면 저녁에 죽어도 좋다고 했소. 죽고 사는 것은 하늘에 달린 일, 걱정할 게 뭐가 있겠소?"

황보밀의 독서를 말릴 수 없음을 알고 이때부터 사람들은 그의 독서를 가리켜 '서음'이라 불렀다.

서음이라는 말은 이렇게 해서 탄생했다. 음란한 서적의 탐독과는 아무런 관계가 없고 국어사전에 풀이된 대로 악서건 양서건 가리지 않고 하는 지나친 독서, 지독한 독서를 가리켜 하는 말이 서음이다.

황보밀 같은 사람이 주인공으로 등장하는 문학작품도 있

다. 세르반테스의 대표작 『돈키호테』의 주인공 돈키호테가 바로 그런 인물이다.

돈키호테가 모험을 떠나기 전, 아니 그가 그토록 무모한 모험을 감행한 데 절대적인 영향을 끼친 건 독서였다. 그는 기사도에 관한 많은 책을 탐독했다. 그 중에서도 펠리시아노 데 실바가 지은 책은 모조리 읽었다. 그는 특히 그 문장을 좋아했다. 실바의 화려한 문체와 복잡 미묘한 문장이 돈키호테의 눈에는 오히려 주옥처럼 아름답게 비쳤다.

예를 들면 '나의 이성을 학대하는 그대의 비이성이 나의 이성을 약하게 만들었으므로 나는 그대의 미모를 나무랄 충분한 이유가 있도다'라든지 '별과 더불어 그대의 신성을 거룩하게 지켜주시는 드높은 하늘은 그대의 위대성이 마땅히 받아야 할 칭송이시도다'와 같은 식으로 사랑을 표현하거나 결투를 신청할 때의 아름다운 문장에 그는 넋을 잃었다. 책을 사들이느라 많은 경작지를 팔아치웠고 사들인 책을 읽느라 사냥하는 것도, 토지를 관리하는 일까지도 잊었다.

그가 책을 읽는 시간은 밤에는 황혼 녘부터 동틀 때까지였고 낮에는 동틀 때부터 어두울 때까지였다. 이런 생활을 계속하다 보니 몸은 삐쩍 말랐고 잠을 자지 못한 결과 뇌는 말라버리고 올바른 판단력을 잃은 정신이상자가 되었다. 이런 상태에서 돈키호테의 기괴한 편력이 시작되는 것이다.

　주변 사람들이 황보밀을 걱정했던 것처럼 돈키호테도 걱정해야 할 판이었다. 그러나 황보밀이 실제로 정신이상자의 행동을 했다는 기록은 없다. 황보밀에 대한 걱정은 단순한 걱정으로 끝난 반면, 돈키호테는 구체적으로 그 걱정스런 행동을 실천에 옮긴다. 실제의 세계가 아닌 허구의 세계에서 일어난 일이긴 하지만.

　현대에도 황보밀이나 돈키호테 비슷한 사람을 만날 수 있을까?

　내가 아는 선배 한 분은 학창 시절 한국문학은 물론 세계문학까지 두루 섭렵한 그야말로 독서광이었다. 그는 웬만한 작품 치고 읽지 않은 작품이 없었고 그 이해 또한 정확했다. 제법 책을 읽었다고 자부하는 나도 그의 앞에서는 속된 말로 쪽을 펼 수가 없었다. 외국어에 능통한 그는 소문만 들었던 작품도 일본어판이나 영어원서를 구입하여 모두 독파하였다고 했다(일제강점기 시대 이야기다).

　그런데 언젠가 이런저런 문학 이야기 끝에 그 선배는

　"그런데 말입니다. 난 자식들한테는 문학작품을 읽히지 않았습니다."

하고 말했다.

처음에는 그저 단순한 농담인 줄 알고는 그럴 리가 만무하다며 가볍게 받아넘겼는데 그는 사뭇 진지한 어조로

"정말입니다. 국어교과서에 나오는 작품 이외의 작품은 단 한 편도 읽히지 않았습니다."

하고 재차 강조할 때에야 나는 정말이냐고 다소 놀라서 되묻지 않을 수 없었다.

그의 대답은 단호했다. 정말 그랬다는 것이다. 계속되는 그의 설명에 따르면 도시락 싸 가지고 다니면서 말렸다는 것이다. 문학작품은 물론이고 동화도 읽히지 않았다. 읽힌 것이 있다면 단 한 가지, 위인전이었다. 그 결과인지는 몰라도 아이들은 모두 일류대학에 진학을 했고, 졸업과 동시에 행정고시에 합격하는 영광을 누릴 수 있었다.

그분의 말을 들으면서 나는 어리둥절했다기보다는 어이가 없었다. 자신이 애독한 문학작품에 대해 왜 그토록 무서운 적의를 품었을까? 책을 사느라 재산이라도 크게 축을 내어서? 아니면, 책 읽은 것이 살아가는 데 치명적인 흠이 되어? 도무지 이해할 수가 없어 나는 그 이유를 묻지 않을 수가 없었다.

정말이지 답변이 궁금했다. 이유가 무엇이냐는 내 질문을 받고 잠시 빙긋이 웃고만 있던 선배는 이윽고 입을 열었다.

"글쎄요……. 아무튼 난 그렇게 했습니다. 그저 공부만 시켰어요."

그가 머뭇거리며 이렇게 말했을 때 나는 문득 어느 책에서 읽은 미국인이 일반적으로 생각하고 있다는 그 생각, 즉 논픽션(실화)을 읽으면 유익하고 보람이 있는 반면, 픽션(소설)을 읽으면 유해할 뿐만 아니라 자기 탐닉에 빠질 뿐이라는 소설에 대한 미국인의 부정적인 인식이 떠올랐다. 문학작품은 무익한 독서라서 읽히지 않았다, 이것이 그때 내가 추측한 그분이 아이에게 작품을 읽히지 않은 이유였다.

"그런데 한 가지 문제가 있긴 했어요."

"……?"

내가 눈을 동그랗게 뜨자 그는,

"대학에 가서 보니 친구들과 대화가 되지 않더래요. 셰익스피어가 어떻고 톨스토이가 어떻고 그러는데……. 자기는 끼어들 자리가 없더랍니다."

선배는 마치 남의 이야기하듯 아들의 이야기를 했다. 상당히 오래전 이야기니까 '셰익스피어가 어떻고 톨스토이가 어떻고'이지 요즘 같으면 아마 『반지의 전쟁』이 어떻고 『드래곤 라자』가 어떻다는 식이 되었을지 모르겠다.

아무튼 그분이 문제가 있다고 한 것은 아이에게 책을 읽히지 않은 것을 후회하는 뜻으로 한 말은 아니었다. 그의 당당한 목소리에서 나는 그것을 느낄 수 있었다. 문학을 한다는 너 좀 들어봐라. 나의 이 반란을. 그의 당당함은 은근히 그렇게 시위하고 있는 듯이 보였다.

나는 왜 그랬느냐고 재차 물었는데 그의 대답은 여전히 '글쎄요…….'였다. 글쎄요? 대체 이말 뒤에 숨은 그가 하고자 한 진짜 뜻은 무엇일까? 나는 끝내 정확한 답변을 듣지 못하고 무익한 독서라는 나름대로의 판단에서 그랬을 거라는 내 추측을 되풀이하고 말았는데 지금 생각하면 그것은 서음이라는 말로 표현할 수 있는 지나친 독서에 대한 자책의 반영이 아니었나 싶기도 하다.

돈키호테가 제정신이 들었을 때 산초 판자에게 용서를 빈 것처럼 그는 자신의 서음에 대해 후회하고 자식에게는 독서를 차단함으로써 용서를 빌었던 것인지 모른다. 그럼 그 선배역시 서음의 피해자가 아니었을까? 자식의 독서를 기를 쓰고 말린 것은 그 때문이 아니었을까?

밤늦도록 글 읽는 낭랑한 목소리가 대문 밖으로 흘러나왔다는 이야기는 설화나 알만한 인물의 전기에 빠지지 않고 등장하는 장면이다. 어렸을 때부터 들은 이런 장면에 중독이 된

탓인지 독서를 나쁘다고 생각하는 사람은 없다. 나쁘게 생각하기는커녕 독서야말로 권장해야 할 가장 바람직한 일이라고, 적어도 지금까지는 그렇게 여기고들 있다. 그래서 독서주간이 있고 독서 감상문 대회가 열린다. 영상매체가 판을 치는 세상에도 독서만은, 비록 독서 인구가 크게 감소되긴 했어도 우리가 지향해야 할 가장 값진 자리를 고수하고 있다.

그러나 문제는 그것이 서음이 되었을 때에 있다. 어떤 일이건 잘못은 언제나 정도를 넘어선 자기도취에서 발생한다. 과유불급過猶不及, 지나침은 모자람만 못하다는 이 말은 독서라고 해서 비켜 갈 경구는 아니다. 그러고 보면 중용처럼 아름다운 덕목은 세상에 없는 것 같다.

잃어버린 제자

미지의 소녀에게.

30년이라는 오랜 세월이 흐른 지금, 너는 이제 잃어버린 나의 제자가 되었다.

그러나 세월의 저편에서 너는 언제나 소녀 모습 그대로 내게는 남아 있다. 나는 그런 너를 '미지의 소녀'라 부른다.

세월을 속이고 이제는 중년이 된 너를 욕되게 하는 것인지도 모르지만 어찌 하겠느냐. 너는 단발머리 소녀가 되어야 비로소 내게 존재할 수 있는 것을, 그것이 너를 위한 나의 배려인 것을…… 이 슬픈 심정을 너는 아느냐. 시간의 버림을 받은 나를, 나의 이 참담한 마음을 너는 헤아릴 수 있겠느냐.

　나는 지금도 잊지 않고 있다. 입학식 날, 맵싸한 추위가 아직 가시지 않은 교정 한 구석, 부끄러워 차마 얼굴을 들지 못하고 돌아서던 너의 아름다운 모습을. 그때 나는 운명처럼 너의 존재가 나의 영혼 속으로 뛰어드는 것을 느꼈단다.
　그 아름다운 네 모습을 보고 나는 왜 그랬는지 모르겠다. 너의 손을 잡아 주었어야 하는 그 순간 모른 체 돌아서고 말았으니, 이것이 무슨 황당한 짓이었단 말이냐. 나의 무관심이, 나의 무딘 감각이 이 시간 한없는 절망으로 나를 몰아넣는구나. 가슴 저미는 아픔을 주는구나.
　네가 먼저 다가와 나의 손을 잡고 도와 달라는 부탁을 할 수 없다는 것을 잘 알면서도 나는 왜 그렇게 무심했는지 모르겠다. 그것도 하루 이틀이 아닌 이십여 년이 넘는 오랜 시간 동안을.
　그때 이미 나에게 있어 너는 '미지'의 소녀로 남을 수밖에 없는 전조를 내 스스로 보여 주었던 것이냐? 운명을 거역하는 행동을 스스로 감행했던 것이냐? 너와 나의 만남은 운명인데 내가 너를 도와 손을 잡게 하는 것은 나의 운명인데 그 운명을 거역했던 것이냐? 지금 생각하니 그랬는지도 모르겠구나. 너의 진실이 외면당하는 순간을 내 스스로 만들다니, 그럼 지금 내가 받고 있는 이 아픔은 당연한 보상이구나. 이보다 더한 아픔이 온다한들 달게 받아야 할 보상이었구나.

그러나 나는 애써 변명하려고 한다. 그 날, 나는 무심할 수밖에 없었다고, 아직 앞길이 푸르고 또 푸른 너에게 내가 무슨 도움을 주겠으며, 도움을 준다는 것 자체가 너에 대한 모독이 될 수도 있었으니 자제하는 것이 너를 위해서나 나를 위해서도 옳았다고.

또한 너에게 도움이 필요한지 아닌지, 내가 너를 돕는 것이 옳은지 그른지조차 나는 판단할 수 없었다. 그래서 그랬던지 도움을 준다는 생각만으로도 나는 벌써 짜증스럽기조차 했단다. 그건 너를 돕는 일에 얽매이고 싶지 않은 나의 욕심이기도 했단다. 30여 년 전 나는 아직 젊은 나이였으니까 그렇게 생각하는 것도 무리는 아니었지 않겠느냐.

사실 너의 앞길은 열려 있었다. 탄탄대로였다. 그리고 내가 짐작한 대로 너는 앞을 향하여 거침없이 달려갔다. 달려간 결과 눈부신 성공도 거두지 않았느냐. 학업의 성취는 말할 것 없고 모든 분야에서 뚜렷한 두각을 나타내지 않았느냐.

나는 애써 변명한다. 그때 나의 도움 따위는 필요 없었다고, 그것이 너를 위하고 나를 위하는 길이었다고. 너는 현명

하니까 내가 말하는 이 상황을 충분히 이해할 수 있으리라고
믿는다.

　정작 내가 너를 도울 수 있는 시기는 따로 있었다. 네 손을
잡아 줄 수 있는 시기는 그때가 분명 아닌 다른 때였다. 그것
은 나도 모르는 사이 가장 가까운 내 옆구리에서 흘러가고 있
었다. 나는, 나도 모르게 흘러가는 그 시간, 너를 도울 수 있
는 운명의 강, 그 흐름 속에서 기회를 잡아 물줄기를 돌려놓
았어야 했다. 너를 도울 수 있는 기회는 나도 모르게 흘러가
는 지척의 강, 비밀의 강에 숨어 있었다. 그것은 네 영혼을 도
울 수 있는 강이었다. 구원의 강이었다.
　나는 그것을 놓치고 말았구나. 눈치조차 채지 못했구나.
얼마나 원통한 일이냐. 얼마나 가슴 아픈 일이냐.
　많은 사람들이 내 가슴에 비수를 꽂고 지나가는 것을 나는
경험했다. 가까운 사람도 먼 사람도 비수를 꽂았다. 육체를 찌
른 칼 자리는 시간이 지나면 아물기 마련이고 흉터마저 사라
지기 마련인데, 가슴 한복판, 마음 깊숙이 꽂힌 비수는 시간
이 흐를수록 그 아픔이 더하고 흉터는 영원히 아물지 않는다
는 것을 나는 배웠다. 그 고통이 얼마나 큰 것인가도 배웠다.
　차라리 내가 아플지언정 다른 사람을 아프게 하지 말자고

결심한 것도 그 때문이었는데 이게 어찌된 노릇이냐. 내가 너의 손을 잡아 주지 않아 결과적으로 네게 바위 같은 상처, 비수로 찌르는 아픔을 주고 말았구나. 백합꽃보다 향기롭고 찔레 새순보다 여리고 고운 너의 순수, 이 세상에 태어나 단 한 번밖에 피울 수 없는 그 순수, 영혼의 강을 외면하고 말았구나.

수많은 불면의 밤을 새우며 가꾼 그리움을 한낱 휴지 조각으로 만들고 말았구나. 너의 순수가 그토록 무가치한 것이었더냐. 한 번 돌아볼 가치도 없는 장난이었더냐. 아니다. 너의 불면의 밤은 세상에서 가장 아름다운 순수였고 우주의 꽃이었다. 그럼에도 내가 너를 돕지 못하다니 이 얼마나 통탄할 일이냐.

하늘도 무심하다는 말, 이럴 때 쓰는 말이면 내가 한 번 쓰고 싶구나. 너를 두고 꼭 쓰고 싶구나. 하늘도 무심했다고, 어쩌면 그렇게 무심할 수가 있었느냐고.

내가 눈치조차 채지 못하는 사이 운명의 강물은 흘러갔다. 너의 손을 잡아 줄 기회가 있었는데 손에 닿을 듯 가까운 거리에서 강물은 흘러가고 말았다. 생각할수록 내 가슴은 저리도록 아프면서 무너지는구나. 눈물이 앞을 가리는구나.

네 손을 잡아주고 도와주지 못한 것은 이제 슬픈 전설이 되고 말았다. 30여 년이란 긴 세월이 흐르면서 이슬에 젖고 달빛에 바래어 너는 전설로 내 마음 속에 남고 말았다. 기어코 전설이 되고 말았다.

다시 세월이 강물처럼 흘러, 또다시 30년이 흐르고 40년이 흘러 그 전설마저 빛이 바래는 날이 올 것 아니냐. 필연적으로 그런 날이 오면, 언제 어디서 무엇이 되어 다시 너를 만날지 나는 모른다. 몇 겹의 세월 속에 수천 번 윤회의 수레바퀴를 돌고 돌다가 어느 날 다시 너를 만나는 날이 온다면, 그때에도 나는 너를 도울 수 있는 자리에 서 있기를 바란다. 네가 손을 잡을 수 있도록 도와주는 자리에 서 있기를 바란다.

그때에는 속지 않으련다. 놓치지 않으련다. 아무리 싸고 싼 비밀의 강이 흘러간다고 해도 나는 너를 놓치지 않으련다. 너의 손을 잡고 네가 손을 잡을 수 있도록 도와주련다. 부디 그렇게 되기를 이 한밤 나는 북받치는 설움을 삼키며 눈물로써 천지신명께 빌고 또 호소한다.

사랑하는 내 미지의 소녀야!

단군왕검 이야기

중국 최초의 신화로 알려진 반고신화의 내용은 다음과 같다.

태초의 세상은 계란처럼 혼돈 상태에 있었다. 그 혼돈 가운데 밝고 맑은 기운(양)은 위로 올라가 하늘이 되고, 어둡고 흐린 기운(음)은 아래로 가라앉아 땅이 되었다.

반고盤古는 이 양과 음 사이에서 태어난다. 그는 하루에 아홉 번씩 변하여 드디어 땅에서 하늘까지 닿는 거인이 되었다.

반고가 한 번 울면 눈물은 흘러서 강물이 되었다. 목소리를 내면 천둥이 되어 하늘을 굴러다녔고 그가 내뿜는 숨은 바람이 되고 구름이 되었다.

그러나 세상은 아직 불완전한 상태. 세상이 완전해진 것은 그가 죽은 다음이었다. 왼쪽 눈은 해가 되고 오른쪽 눈은 달이 된다. 팔다리는 산이 되고 피는 강물이 되고 힘줄은 길이 되고 살은 흙이 되고 머리털은 하늘의 별이 되고 살갗의 털은 초목이 되고 이와 뼈는 쇠와 돌이 되고 뼛골은 구슬이 되고 흐르는 땀은 비와 늪이 되었다.

반고는 자기 몸의 전부를 바쳐서 이 세상을 아름답게 창조했다.

이 신화에서 우리는 중국 민족의 두 가지 특성을 발견할 수 있다.

반고의 주검은 천지 만물의 밑거름이 되고 있는데 이는 실용주의 정신의 반영이라 할 수 있다. 팔다리와 뼈, 살 심지어 땀까지도 유용하게 쓰였다. 반고신화에 스민 이 같은 실용주의 정신은 중국인들의 실리추구 정신과 밀접한 관련이 있지 않나 생각된다.

중국 사람들은 예로부터 노동을 중시하는 민족이었다. 노동을 중시하는 데서 그들의 근면성이 나왔고 이 근면성이 찬란한 황하문명을 이룩했다. 오늘날 세계 도처에서 화상華商

들이 상업의 주도권을 장악하고 있는 것도 결코 우연은 아닌 것이다. 이런 중국인들의 실리 추구의 정신은 반고의 시신을 남김없이 이용하는 데에서도 유감없이 발휘되고 있다.

다른 하나는 중국인들의 또 하나의 민족성인 향토 의식 곧 귀향 의식이다. 하늘의 양과 땅의 음 사이에서 태어난 반고가 죽은 다음 다시 하늘의 별이 되고 땅의 초목이 된다는 식의 이야기 구조는 귀향 의식의 표현이라 할 수 있다.

이러한 귀향 의식은 중국인들이 농업을 더 중시하는 데서 찾아볼 수 있다. 농업에 종사하면 고향을 떠나지 않아도 되는 반면 상업에 종사하면 고향을 떠나야 되기 때문에 원래 중국인들은 상업보다는 농업을 더 선호하는 민족이었다. 지금도 그들은 고향을 떠나 북경에 가 있는 것을 가장 고통스런 일로 여긴다고 한다.

중국인들의 이러한 귀향 의식은 하늘의 별이 되고 땅의 초목이 된다는 식으로 이미 반고신화에 나타나 있었던 셈이다.

중국의 신화에는 중국 민족의 특성이 나타나 있는 것처럼 일본 신화에는 일본 민족의 특성이 나타나 있다.

『일본서기』 첫 머리에 나오는 신화는 중국의 그것과 비슷한 설정을 하고 있다. 천지가 나누어지는 과정은 물론 계란처럼 혼돈한 상태에 있었다는 비유까지도 비슷하다. 이것은 중국 신화의 영향을 받아 일본 신화가 이루어졌으리라는 가능성을 말해 주고 있다. 그러나 그 영향은 천지가 나누어지는 과정에 국한될 뿐 그 구체적인 전개는 사뭇 다르다.

일본 신화의 첫머리를 보자.

하늘이 생기고 땅이 생긴 다음 그 사이에 남자 신이 탄생한다. 3대까지 남자 신만 탄생하다가 4대째에 이르러 남녀 짝을 이룬 신이 탄생한다. 다음은 남신 이자나기와 여신 이자나미의 대화 한 토막이다.

이자나미: 이루고 이루었는데 미처 이루지 못한 부분이 내게 있습니다.

이자나기: 이루고 이루었는데 넘쳐 이룬 부분이 내게 있습니다. 우리 찌르고 막아서 신들을 낳고 싶소. 그대의 생각은 어떠하오?

신화라고 하기엔 너무 선정적인 장면이 아닐 수 없다. 여자 성기를 '이루지 못한 부분', 남자 성기를 '넘쳐 이룬 부분'이라는 은유적 표현을 한 반면, 성행위는 '찌르고 막는다'는 노골적인 표현을 그대로 사용하고 있다. 일본의 에로티즘은 그들의 최초의 신화에 이미 예언되었다고 볼 수도 있다.

이자나기 신화에는 또 다음과 같은 잔인한 장면이 나온다.

이자나미는 불의 신인 가구쓰찌를 낳다가 음부가 타서 죽고 만다. 자식을 낳다가 사랑하는 아내를 잃은 이자나기는 그 슬픔을 이기지 못하고, 허리에서 검을 뽑아 가구쓰찌를 쳐서 세 토막을 내어 죽인다. 이 세 토막이 3신이 되고 검에서 떨어진 피도 신이 된다.

이자나기 신화에 나타난 에로티즘과 함께 이 잔인성은 그대로 일본 민족의 한 특성을 대변하고 있다. 일본 문화의 저변에 깔린 에로티즘은 그렇다 치더라도 그 잔인성만은 우리가 직접 경험한 바 있다. 일본 사람들이 자랑스럽게 여기는 사무라이 정신이나 가미가제 특공대, 정신대로 끌려간 여인들을 성의 노리개로 이용한 다음 살해한 그 잔인성은 모두 그들의 신화와 상통하는 바가 있다고 하겠다.

이제 우리 단군신화를 돌아보자.

우리의 건국 신화인 단군신화에는 실리 정신도 에로티즘도 잔인성도 없다. 오직 '하늘'을 숭배하고 사모하는 정신이 있을 뿐이다.

하늘에서 땅을 굽어보다가 사람들을 널리 이롭게 하기 위하여 무리를 이끌고 환웅은 이 땅에 내려왔으며, 땅의 사람인 웅녀는 하늘의 사람을 사모하여 그와 혼인한다. 웅녀는 환웅과 혼인하겠다는 일념으로 마늘과 쑥을 먹는 고통도 마다하지 않았다. 환웅은 또 이 웅녀의 간절한 소망을 들어 주었다. 이것은 하늘과 땅의 결합을 의미한다.

하늘과 땅의 결합, 그 사이에서 태어난 사람이 단군왕검이다. 단군이 태어난 날과 단군조선을 건국한 날을 '하늘 문이 열린 날' 즉 개천절이라고 한다. 여기서 하늘 문이 열렸다는 의미가 무엇인지 먼저 의문이 솟는다.

단군신화를 읽으면서 새삼스럽게 '하늘'의 의미를 생각해 보지 않을 수 없다. 과연 하늘이란 저 푸른 하늘을 의미하는 것일까? 하늘이 열렸다는 것은 무슨 뜻인가? 생각할수록 풀리지 않는 의문투성이 신화가 단군신화이다.

$$\boxed{4}$$

불멸의 모든 작가는
자신의 심중을 토로한다.
― J. 러스킨

춘원의 어머니

춘원 이광수의 어머니를 생각할 때 나는 가슴이 저리는 듯하다. 아니 짜릿한 통증이 온다.

우리가 잘 아는 것처럼 춘원은 최초의 현대장편소설『무정』을 비롯하여『흙』,『사랑』,『유정』등 많은 작품을 남긴 우리 현대문학의 개척자요 대표적인 작가이다.

이렇듯 문학사에 큰 업적을 남긴 작가 이광수는 1892년 2월 22일, 아버지 이종원과 어머니 충주 김씨 사이에서 장남으로 태어났다. 어머니 23세, 아버지 42세 때 일이었다. 19년의 나이 차이가 난 것은 전처와 사별한 이종원이 세 번째로 김씨에게 장가를 들었기 때문이었다.

이광수 집안은 당당한 전주 이씨 양반 가문으로 원래 재산도 많았다고 한다. 그러나 술 마시고 시를 즐기는 유쾌한 풍류남아 증조할아버지, 할아버지 이렇게 2대에 걸친 재산 탕진으로 아버지 이종원 대에는 가세가 몰락한 상태였다. 이종원은 이를 만회하려고 노력하였으나 뜻대로 되지 않았다. 초시에는 합격하고도 대소과에서 계속 낙방하여 벼슬길에 나가지 못했던 것이다.

어머니 김씨에 대해서는 알려진 바가 없다. 충주 김씨라는 것 뿐 집안, 학력, 성품 등에 대해서는 상세한 기록이 남아 있지 않다. 아버지 작고 당시를 회고한 이광수 글 가운데 한 장면이 유일하다고 할 수 있다.

이광수는 어릴 때부터 산에서 나무를 해 오기도 하고, 아버지와 함께 새끼를 꼬고 짚신을 삼기도 했다. 이런 식으로 근근이 꾸려 가는 가난한 생활 가운데도 열 살이 될 때까지 그런 대로 다복한 삶이었다고 할 수 있다. 누이동생이 둘이 태어나고, 어머니, 아버지 모두 건강했으니 더 바랄 것이 없었다.

아버지는 식구들 봉양에는 지극 정성을 다한 분이었다. 이광수 아홉 살 나던 해 새 집을 지어 이사한 후로는 특히 더 그랬다. 돈이 될 만한 일이면 가리지 않고 했다. 싸리나무로 그릇도 만들고, 노끈도 꼬고, 돗자리와 발을 치기도 하고, 호적 베끼는 일을 하기도 했다. 그 덕분에 먹고사는 일은 그다지 큰 어려움이 없었다.

그런데 그것도 잠시, 열한 살 되던 1902년 음력 8월, 이광수의 복을 송두리째 앗아가는 사건이 발생했다.

그해 만연한 호열자(콜레라)로 먼저 아버지가 돌아가시고 어머니가 뒤를 이었다. 아버지의 증세는 설사로 시작되었다. 가을이 되면서 웬만큼 호전되는가 싶던 아버지의 병세가 다시 악화되었다.

이광수의 회고에 따르면 그날 이광수는 먼저 잠이 들었다고 한다.

이상한 느낌에 놀라 깨어났을 때 어머니는 피마자기름을 입에 물어서 보릿대로 아버지 항문에 불어넣고 아버지는 괴로워서 몸을 비틀고 있었다. 이 모습을 본 이광수는 아버지가 매우 위독하게 되었음을 직감하고 천지신명께 기도했다. '천지신명이여, 도와주소서(天佑神助). 천지신명이여, 도와주소서.' 하면서 울부짖었으나 아버지는 아침에 끝내 눈을 감고 말았다.

이광수의 나이 11살, 추석 전날의 일이었다.

이광수는 오열했다. 그러나 언제까지나 울고만 있을 수는 없는 일, 장례를 치르는 것이 문제였다. 어머니는 우선 동네 친지들에게 이 사실을 알리도록 했다. 눈물을 닦으며 밖으로 나온 이광수는 동네 친지들을 찾아가 아버지가 돌아가셨음을 알려드렸다.

친지들에게 부음을 전하고 돌아와 방문을 열었을 때 이광수는 이상한 광경을 목도했다. 그것은 어머니가 세 살짜리 누이동생을 업고 아버지 시신을 타고 넘는 광경이었다. 11살짜리 아이의 눈에도 그것은 도무지 이해가 되지 않는 야릇한 장면이었다. 동생을 업고 아버지의 시신을 타고 넘다니, 이 얼마나 해괴한 일인가. 이광수는 어리둥절해서 어머니를 쳐다보았다.

이렇게 시신을 타고 넘으면, 죽은 사람이 타고 넘은 사람을 데려간다더라. 나하고 애란이는 아버지를 따라 가야지. 너하고 애경이는 오래오래 살아야 한다.

당시 시신을 타고 넘으면 죽은 사람이 그 사람을 데려간다는 속설이 있었던 모양이다. 어머니 김씨는 그 속설을 믿고 남편의 뒤를 따라갈 각오로 그 괴이한 행동을 벌인 것이었다.

그 때문이었을까, 아니면 어머니도 호열자에 감염되어서였을까? 기록에 따르면 아버지가 돌아가신 지 9일 만에 어머니도 세상을 떠난다. 어머니의 사망 원인에 대한 언급이 없기 때문에 전후 사정은 알 길이 없다. 그 미신적 행동 때문이 아닐까하는 것은 호사가의 관심거리일 뿐 정말 시신을 타고 넘어 죽었다고 믿는 사람은 없을 것이다.

과학적인 관점에서 말하면 어머니도 호열자에 감염되어 죽었을 것이다. 그렇다 치더라도 김씨가 속설을 믿고 죽기 위해 시신을 타고 넘는 행위를 하였다면 죽음의 의미는 달라진다. 병사가 아니라 자살이 되는 것이다. 남편의 시신을 타고 넘은 것이 이미 자살 행위나 다름없지 않은가.

자살, 그렇다. 정신적으로 김씨의 죽음은 자살이었다. 유언까지 남긴 자살, 11살짜리 아들 앞에서 목을 맨 자살이었다. 그것은 용서할 수 없는 죄악이었다.

남편이 죽고 자기마저 죽으면 아이들은 고아가 된다. 그것을 번연히 알면서 김씨는 왜 자살을 택한 것일까? 이 문제와 관련하여 몇 가지를 가정해 볼 수 있다.

첫째는 남편을 너무 사랑했기 때문이 아니냐는 가정이다.

그럴 수도 있다. 남편의 죽음에 절망한 나머지 남편 뒤를 따랐다면 김씨는 19년의 나이 차를 극복하고 이룬 아름다운 순애보, 숭고한 사랑의 실천자였다고 말할 수 있다.

그러나 어린 자식들을 남겨 두고 자살한 김씨를 숭고한 사랑의 실천자라고 부를 수 있을지는 의문이다. 자식을 버리고 죽는 것은 오히려 남편의 사랑을 배신하는 행위라고 생각되기 때문이다.

둘째는 생계를 책임질 자신이 없었기 때문이 아니냐는 가정이다.

당시 여자가 홀로 살아간다는 것은 참으로 어려운 시절이었다. 남편 손에 식구들 명줄이 달려 있었다고 해도 과언이 아니던 시절이었고 여자가 가장 노릇을 한다는 것은 여간 어려운 일이 아니었다. 이런 시대에 김씨는 세 아이를 책임질 자신이 없었다. 그래서 스스로 목숨을 끊은 것인지 모른다.

만일 이런 이유로 자살을 택했다면 김씨의 자살은 더욱 용서가 되지 않는다. 어린 자식들에 대한 양육의 포기는 무슨 이유로도 정당화될 수 없는 일이지 않은가.

마지막으로 생각해 볼 수 있는 것은 이광수에 대한 배려였다는 가정이다.

11살의 이광수는 아버지를 도와 제법 돈벌이를 하였다. 이것을 모를 리 없는 어머니였다. 자신은 가장 역할을 할 능력이 없는데, 11살짜리 아들은 자기보다 더 유능하다. 적어도 어머니가 보기에는 그랬다. 이럴 경우, 한 사람의 입이라도 더는 것은 아들의 어깨를 가볍게 해 주는 일이다.

이것은 '…… 나하고 애란이는 아버지를 따라 가야지. 너하고 애경이는 오래오래 살아야 한다'고 말하는 데서 유추할 수 있다. 자기만 아니라 세 살짜리 애란이까지 죽기로 마음먹은 것은 아들의 어깨를 가볍게 하려는 어머니의 크나큰 배려의 흔적이 아니겠는가.

위의 세 가지는 어디까지나 가정일 뿐이다. 어느 하나가 옳을 수도 있고 모두 잘못된 것일 수도 있다.

그런데 굳이 가능성 있는 하나를 고르라고 하면 나는 마지막 가정을 고를 것이다. 이는 어머니로서 오뇌와 번민이 그대로 반영된 가정이기 때문이다.

마지막 가정에서 나는, 한없이 아들을 사랑하는 김씨를 보고, 자신의 무능에 대하여는 절망하고 자책하는 김씨의 소리를 듣는다. 친지들에게 부음을 알리러 떠난 그 짧은 시간에 김씨는 엄청난 사유의 골짜기와 봉우리를 거쳐 자살이라는 결론을 내렸을 것이다. 한 사람의 입이라도 덜자. 그것이 아들을 위하는 길이다. 그것은 너무도 아픈 결정이었다.

그러나 그것은 잘못된 결정이었다. 아들의 존재 이유는 어머니가 계시기 때문이라는 사실을 망각한 잘못된 결정이었다. 어머니가 계시다는 것만으로 자식은 힘을 얻는다. 어머니는 피난처요 보호자요 안식처가 아니었던가.

김씨의 죽음이 아들의 어깨를 가볍게 해 주었을지 모른다. 그러나 이로 인해 아들은 안식처를 잃어버린 고아, 의지할 곳 없는 고아로 전락하고 말았다. 만일 김씨가 이 사실을 깊이 인식했더라면 그는 절대로 자살이라는 극단적인 방법은 택하지 않았을지 모른다. 김씨는 아들의 어깨를 가볍게 해 준다는 그 하나에만 집착한 나머지 아들을 고아로 만드는 돌이킬 수 없는 잘못을 저지른 것이다.

내가 김씨의 죽음을 안타까워하는 이유는 바로 여기에 있다. 가슴이 미어지는 듯 아픈 이유도 여기에 있다.

채만식과 '정의'

채만식은 1902년 6월 17일 전북 옥구에서 출생한 풍자문학의 대표적인 작가이다.

출세작 『태평천하』를 보면 그의 풍자가 얼마나 신랄하면서도 해학적인가를 알 수 있다. 미처 읽지 못한 독자를 위해 간단한 줄거리와 풍자 수법을 소개하면 다음과 같다.

이 소설의 주인공은 윤두섭 영감이다. 작품에서는 시종 '윤 직원'으로 나오는데 이는 '직원'이라는 벼슬을 가졌기 때문에 붙여진 것일 뿐 본명은 아니다.

『태평천하』의 서두는 윤 직원이 인력거를 타고 집 앞까지

와서 품삯을 깎는 장면이다. 품삯은 알아서 달라는 인력거꾼
의 말을 윤 직원은 '안 주어도 된다'는 뜻으로 해석하고는 억
지를 부린다. 인력거꾼은 윤 영감의 억지에 시달리다 간신히
25전을 받아 가지고 돌아간다.

버스를 타고는 아예 무임승차에 성공하기도 한다. 고액권
을 내밀어 차장으로 하여금 스스로 포기하게 만드는 수법이
성공한 것이다. 주머니에는 잔돈이 있는데도 못 쓰는 사전私
錢이라 속이고 끝내 요금을 내지 않는다.

이런 윤 직원 영감을 작가는 다음과 같이 조롱한다.

> 얼굴도 좋습니다.
> 거금 삼십여 년 전에 몇 해를 두고 부안, 변산을 드나
> 들면서 많이 먹은 용이며 저혈(돼지 피), 장혈(노루 피)이
> 며, 또 요새도 장복을 하는 인삼 등속의 약효로 해서 얼굴
> 은 불콰하니 동안이요, 게다가 많지도 적지도 않게 꼬옥
> 알맞은 수염은 눈 같이 희어, 과시 홍안백발의 좋은 풍신
> 입니다.

이렇게 윤 직원 영감의 외모를 묘사하고 있는데 그 말투에
는 조롱기가 가득 실려 있다. 보신을 위한 보양 식품을 나열
함으로써 품삯 몇 푼을 깎는 그가 얼마나 한심한 인물인가를

역설적으로 보여 주고 있다.

이렇게 해서 윤 직원 영감은 웃음거리가 되고 만다.

이런 식으로 작가는 윤 직원 영감을 마지막 순간까지 조롱한다. 무임승차를 하고, 인력거꾼 품삯을 깎는 부도덕한 인물, 자기밖에 모르는 인물, 식민 치하의 세상을 태평천하라고 부르짖는, 자신이 살고 있는 시대가 어떤 시대인지조차 모르는 인물로 묘사하면서 조롱하고 있다.

『탁류』, 「논 이야기」, 「치숙」, 「레디메이드 인생」 등의 작품에서도 정의롭지 못한 인물을 등장시켜 이런 식으로 조롱하고 있다. 이것은 그가 남다른 정의, 투철한 정의로운 정신을 갖고 있었기 때문에 가능한 일이었다.

이런 점에서 정의는 채만식을 움직이는 기본 정신이라고 해도 좋을 것이다.

이렇듯 정의로운 작가, 채만식이 친일의 글을 썼다는 것은 납득이 가지 않는 부분이다.

일제 말, 다른 많은 문인이 그랬던 것처럼 채만식도 변절의 대열에 합류하여 친일의 글을 쓴다. 새로운 시대에 순응하는 문학(즉 일제 정책에 찬성하는 문학)을 외치는가 하면, 조선인 징병 제도를 실시한 1943년에는 매일신보에 「홍대하옵신 성은」이라는 칼럼을 쓰는데 그 내용이 놀랍다.

조선 사람에게도 마침내 전쟁터로 나갈 수 있는 기회를 주신 성은에 감격하여 눈물이 난다는 내용이다. 조선 사람을 전쟁터로 징집해 가니, 2천4백만 조선 사람이 감격하여 운다는 것이다. 이 얼마나 놀라운가. 채만식의 정의는 실종되고 친일의 정신만 넘치고 있다.

너무도 빠른 변절이 그저 놀라울 따름이다.

그런데 해방이 되자 사태는 완전히 반전되었다. 친일 인사들은 기를 펴지 못하고 반일, 아니면 적어도 친일의 글을 쓰지 않은 문인들은 기세등등한 시대가 되었다.

뒤바뀐 세상을 보면서 채만식은 어떤 생각을 했을까?

「민족의 죄인」이라는 작품에 이 무렵 채만식이 어떤 생각을 하고 있었는지 잘 나타나 있다. 1948년에 발표한 이 작품에서 채만식은 자신의 친일 행동이 잘못되었음을 솔직히 고백하고 있다.

아무도 감히 친일했다는 사실을 고백하지 못하고 있을 때 친일을 고백한 것만으로도 채만식다운 정의감의 발로라고 말할 수 있다. 아무런 일도 없었던 것처럼 시치미를 떼고 사는 것은 그의 양심이 허락하지 않았을 것이고, 이 점이 채만식의 훌륭한 점임에는 틀림없다.

그런데 재미있는 것은 친일에 대한 변명이다. 「민족의 죄인」에서 그는 부자인 어떤 사람이 친일을 하지 않은 것은 친일을 하지 않아도 먹고 살 수 있었기 때문이고 자신이 친일을 한 것은 먹고살기 위해서였다고, 즉 부자가 아니었기 때문이라고 말하고 있다. 참으로 적나라한 고백, 자신의 치부까지도 모두 드러낸 회개가 아닌가.

이런 채만식의 궤적을 그래프로 그리면 어떤 그래프가 될까.

정의롭지 못한 인물에 대한 극단적인 증오, 갑작스럽게 벌어진 적극적인 친일, 해방된 지 불과 3년 만에 털어놓은 참회 등은 모두 극과 극에 놓여 있다. 그래프는 최고와 최저, 두 점만 존재하지 않을까 싶다.

이것은 작가 채만식의 판단이 얼마나 빠른가를 말해 준다.

빠른 판단은 다혈질적인 성격의 결과이고 극단을 불러오기 쉽다. 그 판단이 정의감에서 우러나왔다고 믿을 때 극단은 우리의 예상을 뛰어넘는 극단을 만들어 낸다.

『태평천하』의 주인공 윤 직원 영감에 대한 철저한 조롱, 『탁류』의 주인공 초봉이의 일생을 망친 장형보를 잔인하게 살해하는 행위, 「흥대하옵신 성은」에 나타난 조선인을 전쟁에 참가할 수 있게 징집 명령을 내려 주어서 그 성은에 감읍한다는 뼛속까지의 친일, 다른 문인들이 반세기 만에 참회를 한 것과는 달리 불과 3년 만에 민족의 죄인임을 자인하면서도 변명으로 가득한 <민족의 죄인>.

인생을 고달프게 하고 사회를 혼란스럽게 하는 한 가지는 성급한 판단, 다혈질적 성격에 있다고 나는 믿고 있다. 이런 정의에 사로잡힌 사람들은 자신의 '정의'를 절대로 수정하려 들지 않는다. 확신에 차서 움직이고 말한다.

이것은 채만식만의 문제는 아니요 우리 모두의 문제이다. 너와 나, 정도의 차이가 있을 뿐 성급한 자기만의 정의감에서 오늘도 생각하고 부르짖고 행동한다. 혼란한 세상을 잠재울 수 있는 방법은 자신을 돌아보는 차분한 성찰의 자세에서 시작된다는 나의 철학과는 너무도 상반된 행동들이다.

김유정의
눈물겨운 첫사랑

김유정은 1908년 태어나 1937년 꽃다운 나이 29세로 요절한 작가이다.

대표작 「봄봄」, 「동백꽃」과 같은 작품은 교과서에도 실려 있거니와 웃음을 자아내게 하는 해학성이 잘 나타난 작품들이다. 채만식이 인물을 조롱하고 비판하는 풍자적인 작품을 썼다면, 김유정은 미소를 머금게 하는 해학적인 작품을 썼다.

그러나 김유정의 생애를 살펴보면 해학적인 작품을 쓸 만큼 행복한 삶은 아니었다. 아니 행복과는 너무도 거리가 먼 불행한 삶이었다. 비참한 삶 속에서 그토록 아름다운 해학적인 작품을 남겼다는 것은 놀라운 일이 아닐 수 없다.

나는 김유정의 생애에서 가장 비극적인 두 장면을 이야기하고자 한다. 아울러 그러한 삶 속에서 해학이 넘치는 작품을 남긴 그에게 찬사를 보내고자 한다.

1.

첫 번째 비극적인 장면은 눈물겨운 첫사랑이다.

첫사랑 치고 비극 아닌 첫사랑은 없다지만, 김유정의 첫사랑은 단순한 비극을 뛰어넘는, 눈물겨운 첫사랑이다. 그 이유를 지금부터 설명하려고 한다.

먼저 그의 출생과 가정환경을 살펴보자.

김유정은 한성 판윤을 지낸 김육(1580~1658)의 10대 손으로 2남 6녀 중 일곱째로 태어났다. 서울 종로구 진골(현재 종로구 운니동)에 대저택이 있었고 춘천에도 많은 농토와 집이 있었다고 한다. 명문가답게 경제적으로 아무런 어려움이 없는 집안이었다.

김유정의 비극은 일곱 살 때 어머니가, 아홉 살 때 아버지가 돌아가시면서 시작되었다.

맏형인 김유근 때문이었다. 부모님이 돌아가시자 김유근

은 폭음으로 나날을 보내었다. 이 사정은 단편소설 「형」과 미완성 작품 「생의 반려」에 소상히 묘사되어 있다.

이 두 작품에 의하면 맏형인 김유근은 처음부터 불량한 사람은 아니었다. 효심이 지극한 효자였다. 그러한 그가 천하 망나니가 된 것은 혼인 문제 때문이었다.

유근은 부모님이 정해 준 여자와 혼인하였으나 그 여자가 마음에 들지 않았다. 유근이 마음에 둔 여자는 따로 있었다. 유근은 이혼을 하고 마음에 둔 여자와 혼인하고자 했으나 엄격한 아버지는 이를 허락하지 않았다. 유근이 빗나가기 시작한 것은 이 때문이었다. 그는 빚을 내어 좋아하는 여자와 살림을 차렸고, 마음이 괴로울 때면 아편까지 하는 최악의 상태에 이른다.

아버지와 형의 갈등은 아버지가 돌아가실 때까지 이어졌다. 그러나 아버지는 형과 끝내 화해를 하지 못하고 눈을 감고 만다. 이때의 심정을 유정은 다음과 같이 적어 놓고 있다.

> 내가 만일 이때에 나의 청춘과 나의 행복이 아버지의 시체를 따라 갈 줄을 미리 알았더면 나는 그를 붙들고 한 달이고 두 달이고 내리 울었으리라. 그러나 나는 사람을 모르는 철부지였다. 설움도 설움이려니와 긴치 못한 아버지의 상사喪事가 두고두고 성가시었다. 왜냐면 아침상식은 형님과 둘이 치르나 저녁상식은 나 혼자 맡는 것이었다.

아버지가 돌아가신 다음 상청에 밥을 차려 놓고 곡을 하는 것이 귀찮았다는 것이다. 아침에는 형과 같이 곡을 하였으나 저녁에는 혼자 그 일을 하는 것이 더욱 싫었다. 그러나 아버지와 함께 자신의 행복이 사라질 것을 미리 알았더라면, 아버지 시신을 붙들고 한 달이고 두 달이고 울었으리라는 고백이다. 아버지가 돌아가신 다음 유정의 생활이 얼마나 참담했는가를 말해 주는 대목이 아닐 수 없다.

많은 재산의 주인이 된 형의 나날은 방탕의 연속이요 가족들에 대한 폭행의 연속이었다. 「생의 반려」 중 다음 몇 장면만 보아도 그가 얼마나 폭력적이었는가를 알 수 있다.

형은 술을 자주 마셨고 술에 취했다하면 세간을 부수고 도끼로 기둥을 찍었다. 그리고 가족들 특히 그의 누이동생들을 하나하나 붙잡아 폭행을 일삼았다. 목을 밟고 머리를 뽑기도 하고, 달아나면 식칼을 들고 뒤를 쫓아가면서 죽인다고 소리질렀다. 젖먹이를 마당으로 내팽개치는가 하면 아이를 우물속으로 던지는 만행을 부리기도 했다.

이런 풍파가 매일 집 안을 뒤집어 놓았다. 일 년이면 열한 달이 그 지경이었다. 유정의 표현에 따르면 '따뜻한 애정도 취미도 의리도 아무것도 없는, 술과 음행 그리고 비명만 있는' 가정이었다.

이제 겨우 일곱 살, 유정은 이런 가정에서 눈칫밥을 먹으며 자랐다.

형은 유정을 귀찮게 여겼다. 아버지의 사랑을 독차지한 유정이 유근의 눈에 좋게 비칠 리 만무했다. 유정은 가시처럼 고까운 존재였다. 어느 날, 유근은 둘째 누이동생에게 유정을 맡겨놓고는 자신은 춘천으로 내려가 버렸다.

누님 집에서도 눈치 보기는 마찬가지였다. 누님은 소박맞고 돌아와 혼자 살고 있었다. 친정집에 기댈 수 없으니 공장 생활로 겨우 연명하고 있는 처지였다. 이런 판에 동생을 맡았으니, 생활은 더욱 쪼들렸다. 자연 분풀이 대상은 죄 없는 유정이었다. 유정이 앞에서 신세 한탄을 하기도 하고 갖은 악담을 퍼붓기도 했다. 부모의 사랑을 한 몸에 받고 자라던 일은 이제 옛 이야기가 되고 이 집에서도 저 집에서도 유정은 귀찮은 존재, 천덕꾸러기 신세가 되고 만 것이다.

그러던 어느 날이었다.

"어머니가 난 보고 싶다."

유정은 이렇게 중얼거렸다. 힘이 들거나 슬플 때 우리는 자기도 모르게 어머니를 생각하고, 어머니를 부른다. 마음이 괴로울 때 일단 어머니를 불러 보면 마음이 가라앉는다고 노래한 시인도 있지 않던가. 그리운 이름 어머니. 피난처요 보호자, 의지할 곳이며 한없이 따뜻한 이름이 바로 어머니다. 이날 유정은 문득 그 보호자요 의지처인 어머니를 생각한 것이었다.

일단 어머니 생각이 나자 유정은 북받치는 슬픔을 참을 길이 없었다. 한동안 목매어 울부짖었다. 어머니가 보고 싶다, 우리 어머니가 보고 싶다……

그 후로 괴로울 때마다 유정은 어머니를 생각했고 몸부림치며 밤을 새워 울었다.

유정이 첫사랑에 눈을 뜬 것은 누님 집에 얹혀 살던 시기였다.

무슨 일 때문에 봉익동에 다녀오는 길이었다. 오후 한 시 무렵, 수은동(지금의 종로구 묘동) 근처였다.

조그만 손대야를 들고 목욕탕에서 나오는 한 여인이 눈에 들어왔다. 화장을 하지 않은 맨 얼굴의 여인은 아름답기 짝이 없었고, 수심에 찬 듯한 모습이 더욱 아름다웠다.

흰 저고리에 한 손으로는 흰 치마를 걷어잡고 땅이라도 꺼질세라 찬찬히 걸어오는 이 여자가 바로 명창 박명이, 아니 녹주라는 기명을 가진 박녹주였다. 김유정보다 두 살 연상인 화류계 여자였다(박녹주는 1906년 출생). 박녹주는 이미 머

리를 얹었고, 머리를 얹어 준 사람은 평양 갑부였다. 머리를
얹어 준 남자의 첩실이 되는 것이 화류계의 상례였으니 박녹
주는 결혼한 몸이나 다름없었다.

이것은 「생의 반려」에 나오는 박녹주와 김유정의 첫 대면
장면이다.

그런데 박녹주의 회고에 따르면 1928년 인사동 조선극장
에서 열린 '팔도명창대회'에서 김유정을 처음 만났고, 「생의
반려」에 나오는 장면은 두 번째 만남이라고 한다. 「생의 반
려」는 어디까지나 소설이기 때문에 소설적인 효과를 위해 조
선극장에서 만남은 기술하지 않은 것으로 보인다.

아무튼 목욕탕 앞의 대면 이후 김유정의 연애편지가 날아
오기 시작했다. 박녹주의 일거일동을 관찰하고 있었던 것처
럼 엊그제 당신이 어디를 다녀왔는데 입은 옷이 참 예쁘더라
는, 보고 형식의 글들이 대부분이었다. 요즘으로 말하면 스토
커라고 했을지도 모르는 상황이었다. '밤길을 가는 당신의 모
습은 정말 아름답더이다. 당신을 연모하오. 저를 사랑해 주십
시오.' 이런 내용의 글들도 수없이 날아들었다.

녹주로서는 용납할 수 없는 사랑의 고백이었다. 앞에서 말
한 것처럼 박녹주에게는 머리를 얹어 준 평양 갑부 남편이 있

었고 유정과는 동갑인 남동생이 있었다. 기생에게도 지켜야 할 윤리 도덕이 있는데 남편이 있는 몸으로 동생 같은 유정의 사랑을 어떻게 받아들일 수 있었겠는가.

박녹주의 이야기를 좀 더 들어보자.

편지를 받은 박녹주는 이렇다 할 반응을 보이지 않았다. 아무런 반응이 없으니 유정은 더욱 몸이 달아올랐고, 박녹주는 더욱 냉정해졌다. 양쪽 모두 물러설 기미가 보이지 않았다.

그때 친구 하나가 박녹주에게 충고했다. 일단 유정을 만나보라고, 만나서 사정을 얘기하고 달래는 것이 좋지 않겠느냐고. 그 말을 듣고 보니 유정을 한 번 보고 싶기도 했다.

친구의 충고를 받아들인 녹주는 유정을 집으로 불러들였다.

약속한 날, 대학생 복장을 한 유정이 방으로 들어섰다. 훤칠한 키의 미남이었다.

녹주는 방석을 내놓으며 앉으라고 했다. 그리고 말했다.

"학생이 김유정이오?"

일부러 거드름을 피우며 차갑게 말했다. 호의를 보여서는 안 된다, 그랬다가는 더 귀찮게 달려들지 모른다, 이것이 박녹주의 생각이었다. 말하자면 기선을 잡아 두자는 속셈이었다.

"그렇소. 내가 김유정이오."

"무슨 학생이 공부는 안 하고 편지질이오?"

녹주는 어른스럽게 나무라는 투로 말했다. 사뭇 근엄한 표정도 지었다.

유정 역시 만만한 존재는 아니었다. 그 정도의 위세에는 끄떡도 없었다.

"편지하는 게 잘못이오? 편지는 내가 하고 싶어서 했소."

당돌한 답변이었고, 조금도 주눅이 들지 않은 답변이었다. 기세등등한 그 모습에 녹주는 흠칫 놀라지 않을 수 없었다. 잘못했다가는 녹주가 손을 들어야 할지도 모를 일이었다.

그러나 절대로 그럴 수 없는 일, 녹주는 정신을 바짝 차렸다.

지금은 평양에 가 있긴 해도 언제 들이닥칠지 모르는 남편이 있다. 틈을 보여서는 안 된다. 여기서 물러서면 안 된다.

이렇게 생각한 녹주는 목소리에 힘을 주어 일침을 놓았다.

"학생이면 학생답게 공부에 전념해야지 기생과 무슨 연애를 한단 말이오?"

녹주의 한마디는 옳은 말이었다. 학생 신분이면 공부에 전

넘할 때인 것이 분명했다.

그러나 여기서 밀리면 안 된다는 생각은 유정도 마찬가지였다. 어떻게든 녹주의 콧대를 꺾어 놓고 볼 일이었다.

"왜, 학생은 기생과 연애하면 안 된다고 법 몇 조에 있습디까?"

따지듯이 대들었다. 박녹주의 콧대를 꺾어 놓기에 충분한 당돌한 대거리였다.

박녹주는 잠시 할 말을 잊고 있었다. 학생 신분을 가진 사람은 기생과 연애해서는 안 된다는 법은 사실 조선 천지에는 없다. 아니 세상천지에도 없다. 중·고등학교 학생도 아니고 성인인 대학생이라면 상대가 누가 되었든 연애는 할 수 있다.

그렇다고 유정의 말에 동조할 수도 없는 일이었다. 어떻게 하든 유정을 궁지로 몰아넣어야 한다. 백기를 들게 만들어야 한다. 다시는 허튼 수작을 하지 않고 공부에만 전념하겠다는 다짐을 받아내야 한다. 유정을 불러들인 목적이 거기에 있지 않았던가.

그러나 유정을 궁지로 몰아넣을 계책이 쉽게 떠오르질 않았다. 시간은 흐르는데 반격할 적당한 말이 없었다.

"연모가 뭐요? 학생이 공부나 하지 않고……."

한참을 머뭇거리다가 기껏 한다는 말이 이것이었다. 나무라는 투이긴 해도 자신이 없는 말투였다. 말끝을 흐린 것은 그만큼 처음과는 달라진 녹주의 마음을 말해 주었다.

유정은 이때다 싶어

"연모란 사랑한다는 말입니다. 나를 사랑해 주십시오. 당신의 사랑 없이는 나는 바로 살 수가 없습니다."

하고 사랑을 고백했다. 뜨거운 마음, 오로지 뜨거운 마음 하나, 순수한 마음 하나에서 나온 말이었다. 순진한 사람이 대개 그러하듯 유정도 자신의 순수한 마음 하나만을 믿고 저돌적으로 대든 것이었다. 상대방의 처지를 전혀 고려하지 않은 무모한 행동이었다.

그러나 박녹주는 전혀 준비가 안 된 상태였다. 일방적인 연서를 받았을 뿐 인사동 조선극장에서 본 것까지 합해도 이번이 두 번째의 만남이었다. 조선극장에서는 여러 사람과 함께 한 자리였기 때문에 만남이라고도 할 수 없는 만남이었다. 그렇다면 이번이 처음 만남이나 다름없었다. 이런 자리에서 사랑의 고백이라니.

백 번 양보하여 그 뜨거운 마음, 순수한 마음을 인정한다고 해도 박녹주에게는 남편이 있었다. 첩실이긴 해도 아무튼 남편은 남편이었다. 그런 것을 번연히 알면서 사랑한다고 대드는 유정이 측은하기도 하면서, 한편으로는 자신을 무시하

는 것 같아 화가 치밀기도 했다. 도무지 말로는 통하지 않는
사람이었다. 녹주는 유정을 거의 내쫓다시피 문밖으로 밀어
냈다.

"말로는 안 되는 사람이니 문을 걸어 잠가요."

그리고는 할멈에게 이렇게 소리를 질렀다.

이 일이 있은 후에도 유정은 단념하지 않았다. 보통 사람
이라면 의당 단념했을 법한데 그런 모욕을 당하고도 태연했
다. 오히려 편지 공세는 더 심해졌다. 이듬해, 그러니까 유정
의 나이 스물세 살이 되던 해에는 혈서까지 써서 보냈다. 혈
서를 본 박녹주는 너무 놀라 외출조차 마음대로 하지 못했다
고 한다. 이렇게 편지 공세가 계속되는 가운데 또 한 해가 저
물어갔다.

다음 해 여름, 유정의 나이 스물넷이었다. 박녹주가 외출
하였다가 방으로 들어서니, 이게 웬일인가. 김유정이 방에 떡
버티고 앉아 있지 않은가. 놀란 박녹주가

"나으리가 오시면 어쩌려고 저 학생을 들여보냈어?"

하고 할멈을 향해 호통을 쳤다. 그러자 김유정이 말했다.

"그 사람과 살지 못하면 내가 당신과 살려고 왔소."

이 말에 녹주는 완전히 손을 들고 말았다. 유정의 고집을

꺾을 수 없다. 그러면 어떻게 해야 옳으냐?

지금까지 답장을 하지 않는 방법으로 유정을 묵살하려 했었다. 그런데 유정은 그런 얕은 수작에 물러날 내가 아니라는 듯 이제는 찾아와서 대들고 있다. 묵살하면 묵살할수록 불길만 커질 뿐 스러질 기미가 보이지 않았다. 그 사람과 살지 못하면 내가 살겠다니, 이게 가당키나 한 일인가. 또 어떤 일을 벌일지, 이대로 놔두면 정말 난감한 사태가 벌어질 수도 있었다.

이렇게 생각한 박녹주는 방법을 달리 하기로 마음먹었다. 좋은 말로 다독여 돌려보내는 것, 묵살한다고 통할 남자가 아니라는 것을 깨달은 것이었다.

"학생, 이러지 말고 우리 밖으로 나가요."

한껏 누그러진 목소리에 유정은 마음이 놓였는지 순순히 녹주의 뒤를 따라 나섰다.

녹주는 천천히 걸었고 그 곁에 유정이 따르고 있었다. 누가 보면 정말 다정한 한 쌍의 연인이었다.

녹주의 설득이 시작되었다.

박녹주의 회고담에 따라 그 설득 내용을 요약하면 세 가지 정도가 된다.

하나는 지금은 학생이니 열심히 공부해서 훌륭한 사람이

되어라. 그 둘은 당신이 훌륭한 사람이 되면 지금 살고 있는 남자와 헤어져 당신과 혼인하겠다. 그 셋은 당신은 학생인데 지금은 당장 어떻게 할 수가 없지 않느냐. 대충 이런 내용이었다. 그러면서 다른 여러 이야기도 나누었다고 하는데 그 구체적인 내용은 알 길이 없다.

다만 경제 사정이 아니었을까하는 추측은 할 수 있다. 박녹주 자신이 밝혀 놓지 않아 단언할 수 없는 일이긴 해도 이 날 이후 유정이 박녹주를 단념한 것을 보면 이러한 추측이 상당한 설득력을 얻는다. 혼자 몸도 건사하기 어려운 김유정이었다. 이런 유정이 경제적 부담까지 안고 박녹주와 사랑을 나눈다는 것은 여간 어려운 일이 아니었을 것이다.

수은동에서 청계천 수표교까지는 멀지 않은 거리다.

그러나 많은 이야기를 나누었으며, 수표교에 이르렀을 때 어둠이 내렸다는 증언을 참고하면 그들은 매우 천천히 걸었을 것으로 보인다. 이런 모습이라면 남들 눈에는 여유롭게 데이트를 즐기는 다정한 연인으로 비쳤을 것이다. 박녹주가 주로 이야기를 하였고 유정은 묵묵히 듣고만 있었다.

어느새 어둠이 내리고 청계천 변에는 노점상들이 하나둘 모여들기 시작했다. 유정은 고개를 떨구고 길바닥에 벌여 놓은 물건에만 눈을 줄 뿐 어느 순간부터 녹주의 말에 별로 귀를 기울이지 않았다. 이때 유정은 어떤 결심을 한 것으로 추측된다. 박녹주도 유정의 그런 표정을 보는 순간 이제 다시는 자기를 찾지 않을 것 같은 예감을 받았다고 고백하고 있다.

"학생이 이러면 나도 가슴이 아프오. 공부를 끝내면 다시 나를 찾아와요."

야시장 불빛이 박녹주를 비추고 있었다. 유정은 아무런 대꾸도 하지 않고 한참 동안 박녹주 얼굴만 물끄러미 쳐다보다가 돌아섰다. 변변한 인사 한마디 나누지 않은 영원한 작별이었다.

박녹주는 이때의 정경을 다음과 같이 적어 놓고 있다.

그 무렵 김유정은 늑막염을 앓고 있었다. 그 때문인지 얼굴이 몹시 수척했다. 나는 그와 함께 청계천의 수표교까지 걸어 내려가며 줄곧 이야기를 했다. 김유정과 그렇게 오랫동안 얘기를 한 것은 처음이었다. 지금도 야시장의 불빛 사이로 기운 없이 멀어져 가던 그의 뒷모습이 눈에 선하다.

이렇게 해서 2년여에 걸친 김유정의 첫사랑은 막을 내리고 말았다.

젊은 시절 누구나 한 번쯤 경험했음 직한 첫사랑의 비극이라면 비극이다. 처지가 다르고 상황이 다르긴 해도 홍역 같은 첫사랑은 대개 이런 비극적인 결말로 가고 있음을 우리 주변에서 흔히 듣고 본다.

김유정의 첫사랑도 그 흔한 첫사랑의 비극이었다면 나는 그 사랑을 가리켜 '눈물겨운 첫사랑'이라고 부르지는 않았을 것이다. 내가 '눈물겹다'고 한 데에는 다른 이유가 있다.

앞에서 강조한 것처럼 김유정은 어린 나이에 부모를 잃고 형 밑에서 천대를 받으면서 자랐다. 큰형도 그랬고 둘째 누님도 별반 다르지는 않았다. 눈칫밥을 먹으면서, 아니 눈칫밥을 먹었기 때문에 유정은 어머니의 사랑, 자나 깨나 그리운 어머니, 그 따뜻한 어머니를 잊을 수가 없었다.

안회남의 증언에 따르면 유정은 어머니 사진을 항상 품고 다녔고 간혹 사진을 꺼내 보이며 어머니가 얼마나 미인인가를 자랑하기도 했다고 한다. 또한 「생의 반려」에서는 '어머니로서, 동무로서, 연인으로서' 박녹주가 필요했다고 적어놓고 있다.

박녹주는 어머니의 사랑을 느끼게 해 준 여자였다. 달리 말하면 어머니 같은 여자가 바로 박녹주였다. 유정에게 있어서 박녹주를 얻는 것은 어머니의 사랑을 얻는 것이나 다름없었다. 그 사랑을 얻는 것만이 그가 살 수 있는 방법이었다. 처음 박녹주를 만났을 때 '당신의 사랑 없이는 나는 바로 살 수가 없습니다.' 하는 고백은 자신의 절박한 상황을 그대로 드러낸 말이었다.

박녹주는 연인이면서 동시에 어머니의 사랑을 대신할 유일한 여자였다. 이런 심정에서 무작정 매달린 그 순수, 그러나 사랑을 얻는 데에 끝내 실패하고 만 것이다.

이와 같은 이유로 나는 김유정의 첫사랑을 '눈물겨운 첫사랑'이라고 부른다. 당신이 아니면 바로 살 수 없다는 고백이 눈물겹고, 무작정 매달린 그 순수가 눈물겹다. 살기 위해, 어머니의 사랑을 느끼기 위해 매달린 눈물겨운 첫사랑, 누가 여기 돌을 던질 수 있으랴.

2.

두 번째는 임종의 비극적 장면이다.

박녹주와 헤어진 김유정은 그 길로 춘천으로 내려갔다. 그때 김유정의 병세는 상당히 악화된 상태에 있었다. 박녹주는 김유정의 얼굴이 몹시 수척했다는 증언을 하고 있는데 연보에 비추어 봐도 정확한 증언이다. 늑막염은 스물세 살 때 발병했고, 스물네 살 때에는 그 병세가 상당히 심각한 상태에 있었다.

이런 상황에서 춘천으로 내려간 것은 현명한 결정이었다. 춘천은 박녹주를 잊고 병세를 호전시킬 수도 있는 좋은 환경이었다.

정말 그랬다. 병세는 호전되기 시작했다. 강원도의 아름다운 자연을 벗하면서 모든 시름을 놓아 버린 탓인지 건강은 나날이 눈에 띄게 좋아졌다. 몇 년만 지내면 완전히 건강을 되찾을 수도 있어 보였다.

그러나 춘천에서 생활은 그리 오래 가지 못했다. 이미 가세가 기울 대로 기운 데다 큰형의 횡포가 심했기 때문이었다. 3년 만에 다시 서울로 돌아온 그는 둘째 누님 집에 기거하면서 소설 창작에 몰두했다. 병세는 다시 악화되었고 늑막염은 폐결핵으로 전이되었다.

폐결핵 치료는 충분한 휴식과 영양 섭취, 그리고 약물 투여란 것은 누구나 아는 상식에 속하는 이야기다. 김유정의 경우, 이 세 가지 가운데 어느 하나도 충족시킬 수 없는 상황이었다. 소설 창작이라는 정신적 육체적 노동으로 몸을 혹사한 데다 공장을 그만 두고 밥장사를 하고 있는 누님 수입으로는 충분한 영양 섭취나 약물 치료는 엄두를 낼 형편이 못 되었다.

그 결과 병세는 날로 악화되었다. 죽음의 그림자가 한 발짝씩 다가오고 있음을 유정은 직감했다. 아직 젊은 나이, 스물아홉이라는 꽃다운 나이인데 병마에 쓰러진다는 것은 너무 억울했다. 유정은 살고 싶었다. 병마와 싸워 이기고 싶었다. 일어나고 싶었다.

방법은 하나, 다른 사람의 도움을 받는 것이었다. 그러나 큰형의 도움을 받는다는 것은 불가능한 일, 유정은 친구 안회남에게 편지를 썼다.

필승아.
나는 날로 몸이 꺼진다. 이제는 자리에서 일어나기조차 자유롭지가 못하다. 밤에는 불면증으로 괴로운 시간을 원망하고 누워 있다. 그리고 맹열(猛熱, 심한 열)이다. 아무리 생각하여도 딱한 일이다. 이러다가는 안 되겠다. 달리 도리를 차리지 않으면 이 몸을 다시 일으키기 어렵겠다.
필승아.
나는 참말로 일어나고 싶다. 지금 나는 병마와 최후의 담판이다. 홍패가 이 고비에 달려 있음을 내가 잘 안다. 나에게는 돈이 시급히 필요하다. 그 돈이 없는 것이다.
필승아.
내가 돈 백 원을 만들어 볼 작정이다. 동무를 사랑하는 마음으로 네가 좀 조력하여 주기 바란다.

눈을 감기 열하루 전인 1937년 3월 18일, 휘문고보 동창이

요 막역지우였던 소설가 안회남('필승'은 안회남의 본명)에게
보낸 편지는 이렇게 시작하고 있다. 이 시작 부분만 보아도
그가 얼마나 절박한 상황에 처해 있는가를 알 수 있다. 일어
나기조차 힘든 몸, 거기다 고열과 불면증으로 시달리고 있다.
이 고비를 넘기지 못하면 곧 죽음이었다. 유정은 이 사정을
친구 필승에게 호소하면서 돈 백 원만 마련해 줄 것을 부탁하
고 있다.

물론 공짜로 마련해 달라는 것은 아니었다. 대중소설(일본
소설로 추정된다) 두 권을 선택해 주면 50일 이내로 번역하
여 보내겠으니, 번역료를 미리 받을 수 있도록 주선해 달라는
부탁이었다.

편지는 다음과 같이 끝을 맺고 있다.

그 돈이 되면 우선 닭을 한 30마리 고아 먹겠다. 그리고
땅꾼을 들여 살모사, 구렁이를 10여 마리를 먹어보겠다.
그래야 내가 다시 살아날 것이다. 그리고 궁둥이가 쏙쏘구
리 돈을 잡아먹는다. 돈, 돈, 슬픈 일이다.
필승아.
나는 지금 막다른 골목에 맞닥뜨렸다. 나로 하여금 너의
팔에 의지하여 광명을 찾게 하여 다오.
나는 요즘 가끔 울고 누워 있다. 모두가 답답한 사정이다.

반가운 소식 전해 다오. 기다리마.

— 3월 18일 김유정으로부터

애절한 사연이 읽는 이의 가슴을 아프게 한다. 닭을 고아 먹고 살무사와 구렁이를 고아 먹어 보겠다는 유정의 말에서 그가 얼마나 쇠약한 상태에 있으며, 살고 싶은 욕망이 얼마나 간절했는가를 알 수 있다.

명문가의 후손으로 돈 백 원이 없어 친구에게 하는 호소가 눈물겹다. '나로 하여금 너의 팔에 의지하여 광명을 찾게 하여 다오.' 하는 부분은 얼마나 애잔한가. '나는 요즘 가끔 울고 누워 있다. 모두가 답답한 사정이다. 반가운 소식 전해 다오. 기다리마.' 하는 데에 이르면 가슴이 먹먹해질 따름이다.

김유정의 주옥같은 단편은 폐결핵을 앓으면서 창작되었다. 육체적 정신적 고통 속에서 끌어낸 해학, 김유정의 위대함은 실로 여기에 있다고 하겠다. 그토록 비참한 생활 속에서 그토록 해학이 넘치는 작품이 탄생했다는 것은 경이로운 일이 아닐 수 없다.

그러나 그 영혼은 얼마나 고달프고 외로웠을까. 차라리 가난한 집에서 태어나 겪는 고통이라면 그 아픔이 덜했을지 모른다. 부유한 어린 시절, 어린 나이에 잃은 부모, 큰형의 박

대, 눈물겨운 첫사랑……. 이 모두가 외로움의 근원이요 고
통의 근원이었다.

이것이 김유정을 생각할 때 가슴이 미어지듯 무언가 울컥
치밀어 오르는 이유다.

$$\boxed{5}$$

창작은 항상 모험이다. 결국 노력을 다하고 나서
천명에 맡기는 수밖에 없다.

— 아쿠타가와 류노스케

만우 선생님

대학에 입학하고 나서 나는 만우晩牛 박영준 선생님이 연대 국문학과에 재직 중인 것을 알게 되었다.

고등학교 때 '박영준의 「모범경작생」'은 외우고 있었지만, 교과서에 나오는 작가를 직접 뵐 수 있다는 것이, 더구나 그분의 강의를 직접 들을 수 있다는 것이 촌놈인 나로서는 여간 신기한 게 아니었다. 시골에서 중ㆍ고등학교를 마친 나는 그때까지 단 한 번도 문인들을 직접 만난 적이 없었다. 그래서 그랬는지 대학에 들어오면서 뵙게 된 박영준 선생님은, 그분이 학교에 계시다는 것만으로도 황홀했다.

　　더구나 선생님은 『현대문학』지의 추천 위원이었기 때문
에 이 분의 눈에 띄면 『현대문학』을 통하여 등단할 수도 있
으리라는 은근한 기대로 자못 가슴이 설레기도 했다. 소설을
쓰겠다는 꿈을 안고 국문학과를 선택한 나로서는 그야말로
절호의 기회를 맞은 셈이었다.

　　그러나 선생님을 가까이서 대할 기회는 좀처럼 오지 않았
다. 연구실로 찾아가는 것이야 언제든지 할 수 있었지만, 그
때나 지금이나 주변머리가 없는 나로서는 습작품 하나라도
들고 가야 할 것 같은, 그래야 선생님과 대화를 나눌 수 있을
것 같은 압박감에 쫓겨, 말하자면 선생님을 찾아갈 여건을
만들지 못하고 애만 태우고 있었다. 1학기가 다 가도록 선생
님과 직접 대화를 나누어 볼 기회는 결국 만들지 못하고 말
았다.

　　그래서 어떻게든 작품 하나를 만들어 보자는 생각을 하고
여름방학 때 쓴 작품이 '창백한 웃음'이라는 단편이었다. 완
성을 하고 읽어보니 걸리는 곳이 한두 군데가 아니었다. 어떻
게 이런 작품을 들고 갈 수 있을까? 그러나 나는 용기를 내었
다. 선생님을 만날 조건을 만들었으니 일단 실천에 옮기자고.

　　늦가을, 나는 마침내 몇 번의 퇴고를 끝낸 원고를 들고 연

구실로 찾아갔다. 선생님은 내가 내미는 원고를 한 번 훑어보고는 놓고 가라고 말씀하셨다. 그리고 달력을 뒤적이며 다시 올 날짜를 지정해 주셨다.

과연 어떤 평을 들을 것인가? 난생 처음 작품에 대해 평을 듣는다는 것이 두렵기도 하고 한편으로는 기대가 되기도 했다.

약속한 날짜에 나는 선생님 연구실로 찾아갔다.

싸늘한 늦가을이었다. 언더우드 동상 곁을 지나 담쟁이 잎이 제 빛을 잃어가는 문과대학 건물로 올라가는 내 발걸음은 묘한 흥분으로 들떠 있었다. 그때가 오후 세 시쯤 되었을까. 층계를 다 오른 나는 무심코 뒤를 돌아보았다. 학생들의 발길이 거의 끊긴 교정과 긴 백양로, 가을날 청명한 햇빛을 받고 드리운 백양나무의 그림자가 한 눈에 들어왔다. 백양로에 비친 햇빛과 적막, 나는 잔잔한 흥분 가운데 온몸을 휘감던 그때의 그 고요를 지금도 기억하고 있다. 흥분 가운데 지켜본 그 적막이 수십 년이 흐른 지금도 바로 엊그제 일처럼 다가온다.

선생님은 책을 보고 계셨다. 내가 안으로 들어서자 앉으라고 한 다음 선생님은 뜨거운 물을 컵에 붓고 책상 아래 서랍을 열고는 찻잎을 엄지와 검지로 집어내어 그것을 컵에 띄우셨다. 변변한 다기를 갖추지 못한 선생님은 그런 식으로 차를 즐기시는 것 같았다.

나는 다소곳이 앉아 선생님의 선고(?)를 기다렸다. 선생님은 몇 모금 차를 마신 다음, 문장은 괜찮다는 말로 말문을 여셨다. 문장이 괜찮다니, 그럼 그것으로 끝난 것이 아닌가? 순간 치솟는 기쁨으로 나도 모르게 얼굴이 달아올랐다. 선생님은 접어놓은 서너 곳을 펼치면서 잘못된 문장을 지적해 주셨다. 그러시면서 이런 것은 조금만 주의를 기울이면 간단히 처리될 문제라고 하시면서 문장은 괜찮다는 말을 다시 되풀이하셨다.

그때 나는 무슨 생각이 들었던지 당돌하게도 이걸 연세춘추에 실으면 안 되겠느냐고 말했던 것 같다. 그러자 주름진 선생님의 얼굴에 더 깊은 주름이 잡히면서,

"작품을 몇 번이나 써 보았나?"

하고 물으시었다.

"처음입니다."

"이제 1학년이니까 너무 서두르지 말게. 소설을 쓰는 사람은 좋은 소설을 쓰는 데에만 정성을 쏟아야 돼. 발표하겠다는 욕심을 먼저 가지면 안 돼. 우선 정성 들여 더 써 보는 거야.

남에게 보여 칭찬 받을 생각도 하지 말고 빨리 발표하겠다는 조바심도 내지 말고……. 습작을 별로 하지 않은 것 같은데 먼저 습작을 많이 해 보게. 알겠나?"

이렇게 선생님은 좀 냉정한 어조로 말씀하셨다.

나는 크게 낙담하지 않을 수 없었다. 문장이 괜찮다는 말만 믿고 괜한 말씀을 드렸다가 코만 떼인 셈이었다. 문장이 괜찮다는 칭찬은 그 낙담에 묻혀 빛을 잃고 은근히 야속한 마음마저 솟아올랐다. 발표하겠다는 욕심을 가지면 안 된다니, 그럼 작품은 왜 쓰느냐는 반감이었다. 작품을 쓰면 의당 발표하는 데 의의가 있다고 생각한 나였기 때문에 그런 반감은 나로서는 너무도 자연스런 반감이었다.

이것이 박영준 선생님과 나의 첫 만남이었다. 그 후 강의 시간에 자주 뵈었지만, 나는 선생님의 충고대로 소설 습작을 많이 하지 못했다. 생활이 나에게 그럴 시간을 허락하지 않은 탓이었다. 나의 대학 생활은 그야말로 생존을 위한 투쟁이었지, 작품을 구상하고 그것을 원고지에 옮길 만큼 한가롭지 못했다. 만일 선생님 말씀대로 온 정성을 다해 습작을 많이 했더라면 나는 오늘날 유명한 작가가 되었을지도 모르겠다.

선생님께서 주신 그 충고는 실상 소설 쓰기의 전부나 다름

없다는 것을 나는 나중에야 깨달았다. 그리고 선생님처럼 나는 다시 학생들에게 그 비슷한 이야기를 들려준다. 일단 소설을 쓰기로 마음먹었으면 소설 쓰기에 온 정성을 다 쏟으라고. 다른 일에는 조금도 시선을 주지 말라고, 설령 금은보화 부귀영화를 보장한다고 해도.

문예 창작, 그 험로를 넘어

해마다 신춘문예는 호황을 누린다.

금년에도 예외는 아니었다. 신문사마다 예년에 비해 두 배 혹은 세 배로 투고 작품이 늘었다는 보도를 하고 있다. 총 6천여 편 가운데 뽑힌 사람은 고작 8명, 이런 소식을 들으면 투고자는 의기소침할 수밖에 없다.

당선자 가운데는 15년의 도전 끝에 영광을 안은 사람도 있고 한 번 투고로 고지를 점령한 사람도 있다. 참 기가 막힌 격차가 아닐 수 없다. 15년 투고한 사람과 단 한 번에 결판을 낸 사람, 그들에겐 그토록 큰 실력 차가 있었던 것일까? 아니면 무슨 부정이 있어서? 장담은 못 하겠지만(이때 부정이란 자기 제자를 뽑는 것이다), 대개 부정은 없다고 믿어도 좋다.

그런데 왜 그런 격차가?

이런 의문을 갖는 사람들을 위해서 그리고 창작하고 싶은 바람은 간절한데 어떻게 접근해야 할지 아직 두서를 잡지 못한 사람들을 위해서 문예 창작의 길을 조금 소개해 볼까 한다.

창작의 출발점은 어디인가?

창작에 실패하는 사람들 가운데는 첫 단추를 잘못 꿰는 경우가 많다. 아니 첫 단추가 있다는 사실조차 모르고 덤비는 사람들도 있다. 이야기를 늘어놓으면 소설이 되고, 문장을 짧게 나열하면 시가 되는 것으로 착각한다. 이것은 크게 잘못된 것이다. 창작에도 출발점이 있고 그 출발점에 정확히 서서 출발해야 성공한다.

그럼 그 출발점이란 무엇인가? 나는 서슴지 않고 말한다. 문제의식을 가지라고, 그것이 문예 창작의 출발점이라고.

그럼 다시 질문할 것이다. 그 문제의식이란 게 뭐냐고.

문제의식은 세상과 인간에 대한 통찰에서 시작된다. 가령 한 개인이나 이웃, 인생, 사회를 깊이 통찰할 때 다음과 같은 문제가 대두될 수 있다.

계층 간의 갈등이나 노사 간의 갈등, 남북 대립, 전통 단절, 농촌의 황폐화, 세대 간의 소통 부재……. 어떤 이는 이런 사회 문제에는 전혀 관심이 없고 인생 문제에만 관심을 가질 수 있다. 이때 문제는 무엇인가? 사랑의 문제일 수도 있고 인생 무상이 문제일 수도 있다. 인간의 이중성, 악한 인간과 선한 인간의 문제일 수도 있다. 노인 문제, 부모 자식 간의 문제, 금전 문제일 수도 있다. 이렇게 우리가 사는 세상과 인간에는 많은 문제가 내재되어 있다. 위에 나열한 것 이외에도 수많은 문제가 있을 것이다.

이런 많은 문제 가운데 작가는 어느 하나에 대한 깊은 관심을 갖고 있어야 한다. 이것이 바로 문제의식이고 주제 의식이며 인생관이라고 하는 것이다.

많은 문제 가운데 하나의 문제의식이 있어야 한다고 해서 객관식 문제의 답을 고르듯 어느 하나를 고르라는 말은 아니다. 원칙적으로 문제의식은 자연발생적인 것이어야 한다. 자신의 성장 과정이나 취향에 비추어 어느 한 문제가 필연적으로 아니, 운명적으로 작가의 의식 속에 깊이 자리 잡고 있어야 한다. 성공한 대부분의 작가는 살아온 과정이나 그 주변에서 찾아낸 문제에 문학의 뿌리를 두고 있다는 것을 유념할 필요가 있다. 자신의 문제를 가지고 문학을 할 때 문학은 가장 강렬한 힘을 발휘하는 법이니 그것은 당연한 것이라고 할 수 있다.

만일 자신의 성장 과정이나 취향을 아무리 돌아보아도 내세울 만한 문제의식이 없다고 한다면 차선책으로 객관식 문제의 답을 하나 고르듯 해서라도 문제의식을 가져야 한다. 문제의식은 그만큼 창작에 있어서 절대적인 역할을 한다는 것을 잠시도 잊어서는 안 된다.

작가는 이 문제의식을 분명히 깨닫고, 이에 대해 고민하고 해결의 방도를 찾는 사람이다.

이 첫 번째 단추를 제대로 끼우지 못하면 그 작가는 성공하기 어렵다. 성공한 대중소설가는 될 수 있을지 몰라도 본격문학에서는 그렇다. 이는 단언해도 좋다.

그러나 확고한 문제의식을 가졌다고 해서 그것이 곧 작품이 되는 것은 물론 아니다.

문제의식이 하나의 문예 작품으로 탄생하기 위해서는 소설이라면 '이야기', 시라면 '이미지'라는 그릇에 담아야 한다. 문제의식이 그릇에 담길 때 그것은 비로소 소설이 되고 시가 된다.

그럼 소설에서 말하는 이야기란 무엇인가?

우리들은 하루에도 수없이 많은 이야기를 한다. 친구들과 수다를 떠는 것도 이야기고 부모님과 나누는 대화도 이야기이다. 이런 이야기도 이야기인 것은 분명하다. 그러나 그런 이야기는 소설에서 말하는 이야기가 아니다. 소설에서 말하는 이야기에는 몇 가지 특성이 있어야 한다.

소설의 이야기에는 등장인물이 있어야 하고, 그 인물이 일으키는 사건이 있어야 한다. 이런 이야기만이 소설에서 말하는 이야기가 된다. 가령 여기 A라는 인물이 있다고 하자. 그는 자전거를 타고 매일 출근한다. 365일 그것이 되풀이된다. 이렇게 되풀이되는 A의 자전거 출근은 이야기가 될 수 없다. 아무런 사건도 없기 때문이다.

이것이 이야기가 되기 위해서는 어느 날 서두르는 바람에 숙녀와 부딪치고 말았다든가 아니면 달려드는 다른 자전거와 충돌하고 말았다든가 하는 사건이 개입되어야 한다. 이때 A의 자전거 출근은 이야기가 된다. 이렇게 되면 그것이 소재가 되어 소설로 발전할 수 있는 것이다.

그리고 이야기는 두서없이 늘어놓는 이야기가 아니라 시작과 중간, 끝이라는 세 단계를 기본적으로 갖추고 있는 이야기여야 한다. 이것을 구성이라고 하는데 구성은 소설의 기본적인 골격, 설계도이다. 구성이 제대로 짜여 있지 않을 때 그 소설은 산만하고 집중력이 없어 독자의 인상에 남지 않는다.

구성을 어떻게 하느냐는 전적으로 이야기의 성격과 작가의 능력에 따라 결정된다. 물 흐르듯 시간의 흐름에 따라 사건을 배열할 수도 있고 뒤에 일어난 사건을 앞에, 앞에 일어난 사건을 뒤에 배치할 수도 있다.

그럼 앞에서 말한 문제의식과 이야기의 관계는 무엇인가? 이런 의문을 갖는 것은 지극히 당연하다고 하겠다. 이야기만 있으면 곧 소설이 될 것 같은데 앞에서 문제의식을 강조했기 때문이다.

소설에서 이야기는 단순한 이야기가 아니라 문제의식에 의해 조종을 받는 이야기여야 한다. 다시 말해 구성이라고 하는 절차를 거치는 동안 이야기는 변형되고 왜곡되기 마련인데 이때 그것을 지배하는 원리가 바로 문제의식인 것이다. 이렇게 이야기와 문제의식은 깊은 연관을 맺고 있어 떼려야 뗄 수 없는 관계에 놓여 있다.

왜 이런 구성을 했는가? 왜 이런 이야기를 했는가? 라는 물음에 내가 갖고 있는 문제의식을 부각시키기 위해 나는 이런 구성을 했다, 이런 이야기를 했다는 답이 나올 수 있게 구성하고 이야기해야 한다. 그렇지 않으면 그 구성은 실패했거나 단지 흥미를 유발하기 위한 구성, 통속적인 이야기가 되고 만다.

소리로 표현되는 것이 음악이요 빛과 선으로 표현되는 것이 회화라면 문학은 언어로 표현되는 예술이다. 이야기가 매력적이고 구성을 아무리 잘했다고 해도 이것을 문장으로 표현하지 않으면 작품이 되지 않는다. 설계가 아무리 좋아도 벽돌을 쌓고 시멘트를 바르지 않으면 집이 되지 않는 것과 같은 이치다.

문학을 언어 예술이라고 하는 것은 문장으로 표현되는 예술이라는 뜻이다. 흔히 말하는 네 가지 유형의 문장 가운데 소설은 특히 서사와 묘사라는 두 가지 유형의 문장을 중심으로 완성된다.

언어에 대한 감각이 있어야 좋은 문장을 쓸 수 있고 좋은 문장을 쓸 수 있는 능력은 소설을 쓰기 위한 필수 요건이다. 이런 능력은 어느 정도 타고난 잠재력과 부단한 노력으로 해결할 수 있다. 그 노력이란 많은 작품을 읽고 연습을 해 보는 것이다. 작품을 읽는 가운데 문장력이 신장되고 언어에 대한 감각도 늘어난다.

문장력도 없으면서 문학을 하겠다고 덤비는 것처럼 무모한 짓은 없다. 문학에 요행이라는 것이 없다는 것도 잊어서는 안 될 사항이다. 실력만이 모든 것을 결정짓는다.

문장력을 갖추는 데 그치지 않고 한 걸음 더 나아가 문체의 확립까지 이른다면 더 이상 바랄 것은 없을 것이다.

종종 문장과 문체를 동일한 것으로 알고 있는 사람이 있는데 이는 잘못된 것이다. 영어로 문장은 sentence, 문체는 style이라고 말하는 데서 알 수 있듯이 이 둘은 전혀 다른 개념이다.

문장은 주어와 서술어, 보어 목적어 등이 제대로 호응하고 있는가 아닌가에 따라 정확한 문장, 혹은 틀린 문장이라고 평가한다. 그러나 문체는 작가의 개성이 문장에 나타난 것이기 때문에 어떤 사람은 이런 문체를 구사하고 어떤 사람은 저런 문체를 구사한다. 이것은 정확하냐 아니냐의 문제가 아니라 문장에 나타난 작가의 특성이 어떠하냐의 문제이다. 그래서 내가 좋아하는 문체를 다른 사람은 별로 좋아하지 않는 경우는 얼마든지 있다.

소질이 없는 사람도 올바른 지도를 받고 연습하고 노력하면 웬만큼 이루어지는 것이 문장이다. 그러나 문체는 지도 받아 되는 것이 아니라 작가의 타고난 기질과 정서, 피나는 노력으로 결정된다. 누군가의 지도에 의해 이루어지기보다는 전적으로 작가 자신의 몫인 것이다.

그리고 문체가 어떠하냐에 따라 예술로서의 작품과 예술가로서의 작가를 결정짓는다고 해도 과언이 아니다. 뚜렷한 문체를 갖는 작가가 되는 것은 그만큼 어렵고 힘든 일이다.

이상과 같은 소설 창작의 기본 실력을 갖추었다면 이제는 실제로 쓰는 일만 남는다.

그런데 문제는 아무리 탄탄한 실력을 갖추었다고 해도 쓰는 일이 거침없이 달려가는 고속도로가 아니라는 데 있다. 그 길은 잡초와 엉겅퀴가 우거진 험한 가시밭길이요 감내하기 어려울 정도로 힘든 길이다. 기초 체력을 충실하게 다진 마라톤 선수라 해도 42.195km를 콧노래를 부르면서 달릴 수 없는 것처럼 창작 실력을 다졌다고 해도 거저 써지는 일은 절대로 없다.

산고產苦에 비유되기도 하는 창작의 고통과 혼자 견뎌야 하는 오랜 고독— 글을 쓰고자 하는 사람은 이런 것들과 싸워 이겨야 한다. 여기에 지게 되면 중도에서 포기하기 십상인 것이 창작의 길이다.

일단 소설을 쓰기로 마음먹었으면 소설 쓰기에 온 정성을 다 쏟는 것, 다른 일에는 조금도 시선을 주지 않고 실력 발휘에 전력을 다하는 것이 중요한 것은 이 때문이다(기본 실력을 갖추지 않은 상태에서 덮어놓고 밀어붙이는 식의 노력은 도로에 그치기 쉽다는 것도 아울러 명심할 일이다). 금은보화를 주고 부귀영화를 보장한다고 해도 다른 곳을 바라보아서는 안 된다. 오직 목표(가령 노벨 문학상 수상이라는 목표를 마음속에 정해 놓는 것도 한 방법이다)에 집중하고 쓰고 또 쓰는 것, 이런 작가만이 살아남는다.

발표에 연연하지 말고 습작을 많이 하라는 박영준 선생님의 충고도 창작에서 가장 핵심적 결론인 쓰는 것의 중요성을 강조한 것이다. 이름을 대면 누구나 알 만한 성공한 작가 중에는 2백자 원고지로 자기 키 분량의 습작을 하고 등단한 작가가 있는가 하면 3년 동안에 걸쳐 당시 모든 문예지에 매월 발표할 수 있는 분량의 작품을 써 놓고 등단한 작가도 있다. 이는 쓰는 행위가 얼마나 중요한가를 증명하는 좋은 사례라고 할 수 있다.

쓰는 자만이 문학을 하는 자이다. 앞에서 말한 것처럼 쓰는 일이 물론 만만한 일은 아니다. 쓰다 보면 문장 하나, 단어 하나를 두고도 수없이 많은 의문이 앞길을 가로막는다. 심지

어 유치하기 짝이 없는 짓이 아닌가 하여 깊은 자괴감에 빠지
게도 된다. 이것을 극복하지 못하는 이는 결국 붓을 던져 버
리고 마는 것이다.

모든 일이 그렇듯 문학을 하는 데도 두둑한 배짱이 필요한
것은 이 때문이다. 비웃을 테면 비웃으라는 배짱으로 작품을
완성해 나가야 한다.

행정고시나 사법고시는 한 번 '합격'하는 것으로 목적을 달
성한다. 그러나 문학은 '당선'이 곧 목적 달성은 아니며 그것
은 출발 라인에 진입한 것에 불과하다.

당선하기 위하여 그리고 문학의 길을 완주하기 위하여 다
시 강조하거니와 기본에 충실해야 하고, 기본이 다져진 다
음에는 오로지 앞만 보고 쓰기를 계속해야 한다. 문학의 길
은 험로요 가시밭길이다. 이 길에서 살아남을 수 있는 자산
은 탄탄한 기본 실력과 기필코 완주하고 말겠다는 투철한
의지, 이 두 가지밖에 없다는 것을 한시도 잊어서는 안 된다.

혼히 수필은 '붓 가는 대로 쓴 글'이라고 말한다. 가볍고 일상적인 이야기, 살아가는 가운데 부딪히는 여러 일들에 대한 느낌을 쓴 글이라는 뜻일 것이다.

같은 시대를 살면서도 삶에서 느끼는 온도는 제각기 다르다. 나이에 따라 다르고 직종에 따라 다르고 남녀에 따라 다르다. 여기 모아 놓은 글들에는 내가 느낀 삶의 온도가 나타나 있다. 공감이 가는 글이 있고 그렇지 않은 글도 있는 것은 자연스러운 현상일 것이다. 이 글의 모든 단언적인 명제는 독자가 판단할 몫이라고 생각한다.

4부에서 몇 작가의 흥미로운 일화를 소개했다. 끝에 실린 '문예 창작, 그 험로를 넘어'는 강단 경험을 요약한 것이다. 문학에 뜻을 둔 이들에게 조금이나마 보탬이 될까하여 넣었다.

그간 쓴 글들 가운데 한 권 분량을 추려 놓고도 망설이는 시간이 많이 흘러갔다. 오래전 읽은『근원수필』의 감동은 지금까지도 내 가슴속에 생생히 살아 있다. 수필도 문학인 이상

근원처럼 개성이 강한 글이어야 한다는 열망이 이 순간에도 나를 망설이게 하지만, 노력을 다하고 나서 천명을 기다릴 수밖에 없다는 천재 작가로 알려진 아쿠타카와의 말에서 다소나마 위안과 용기를 얻기로 했다. 마침 시절은 뜨거운 에너지로 넘치는 8월이기도 하다.

내용을 다시 검토해 보니 재직 시절에 쓴 글과 퇴직 후에 쓴 글이 섞여 있어서 시제가 맞지 않는 것들도 적지 않다. 세상은 빠르게 변하는데 수십 년을 넘나드는 시제에서 오는 모순도 없지 않다. 독자 여러분의 너그러운 양해를 구하는 도리밖에 없을 것 같다.

2012年 盛夏에
유태영 씀

순진해도 벌받는다

| 초판 1쇄 인쇄일 | 2012년 11월 05일 |
| 초판 1쇄 발행일 | 2012년 11월 06일 |

지은이	유태영
펴낸이	정구형
출판이사	김성달
편집이사	박지연
책임편집	이원숙
편집/디자인	정유진 이하나 이호진 전용완
마케팅	정찬용
영업관리	한미애 권준기 천수정 심소영
인쇄처	월드문화사
펴낸곳	북치는 마을

등록일 2006 11 02 제2007-12호
서울시 강동구 성내동 447-11 현영빌딩 2층
Tel 442-4623 Fax 442-4625
www.kookhak.co.kr
kookhak2001@hanmail.net

| ISBN | 978-89-93047-31-8 *03800 |
| 가격 | 10,000원 |